今夜拍案惊奇

第一卷

说书人

阎鹤祥 杨九郎 著

台海出版社

目录

第一回
十五贯

一场口舌惹命案
山贼酒后吐真言

昨天晚上好好一个人，
背着十五贯钱回家，原
指望这下子日子就有奔
头了，怎么一夜之间，
死了？

世路崎岖实可哀，傍人笑口等闲开。
白云本是无心物，又被狂风引出来。

　　这故事说简单也简单，说的是十五贯钱害了几条人命的事；要说复杂那也挺复杂，因为这个事它不是一个事，它是两个事，串成了一个事。但是水有源头树有根，咱们今天就先说根儿上那一个事。

　　故事出自《醒世恒言》，这一回叫《十五贯戏言成巧祸》，说的是南宋临安有个刘官人，姓刘名贵字君荐，咱们就叫他刘官人，好记。这个刘官人祖上是阔过的，但是老话说，富不过三代，到了他这儿，差不多已经是落架的凤凰不如鸡了，何况祖上也就算个小富殷实，远不到凤凰级别。刘官人原先读书，想走仕途，眼瞅着不是那块料，于是调整方向改了人生理想，学人家做买卖，结果那能耐还不如读书，三两年间就把家底腾挪败尽，连祖屋都抵了出去，携着两房妻妾租了个破败小院安身。

要不说以前确实阔过呢，就这个败家玩意儿，竟然还能有两房妻妾。正房夫人是打小结下的姻缘，城郊王员外家的小姐，咱们就叫她大娘子；小妾是临安城外褚家堂村一户卖米糕人家的女儿，姓陈，街坊四邻都叫她陈二姐。

刘官人虽然读书不济、生意无谋，但为人却和气，时不时喜欢开开玩笑，平日里和四邻都很和睦，唯独就是这日子，一日穷过一日，不免感到焦心。

这一天大清早，王员外遣了家仆老王来，说要接大娘子回娘家去，今日王员外寿诞，一家人团聚团聚。刘官人心里惭愧，这穷日子过的，把老泰山的寿辰都忘了，当下打定主意和娘子一同回去。其实，他存了个心眼儿，想着老丈人家里日子一直殷实，看能不能接济点儿。

刘官人携着大娘子回了娘家，留下陈二姐看家。别说还真让刘官人盼着了，当天到了老丈人家里，酒席饭毕，翁婿俩说了些家长里短，王员外心疼女儿跟着姑爷过苦日子，手一挥，叫人给拿来了十五贯钱，嘱咐刘官人回去盘个小铺面，有个营生，不说挣钱多少，起码把日子周转起来。

　　茶饭已毕，家里事也聊了个七七八八，刘官人揣好老丈人赠的十五贯钱就准备告辞了。但是大娘子准备在娘家多住几日，这也是人之常情，好歹回来一趟，和父母说说贴心话，重温几天大小姐的幸福时光。刘官人便自己背着那十五贯钱先行回家，打算赶紧张罗起来。

　　话说大娘子在娘家舒舒服服睡了一夜，睡前还商量着第二天随她娘亲去裁缝处选几色花样做身新衣裳，这几年家道破落，早都忘了上一回穿新衣是什么时候的事了，这可把王员外心疼得够呛。第二天起来，一家人热热络络闲话家常，便等着吃完午饭后再出去。等到午饭后，收拾停当了还没出门，却听得院子外人声喧哗，没一时，家丁老王噔噔跑来大喊："出事了！出事了！"一问才知道是刘官人家邻居赶着来报信，说一大早看刘家也不开门，也无声响，大门也是虚掩着，进去一看，刘官人已经死了！

　　昨天晚上好好一个人，背着十五贯钱回家，原指望这下子日子就有奔头了，怎么一夜之间，死了？大娘子一口气上不来，昏死过去，又是一场人仰马翻，好容易悠悠转醒，号啕不止。王员外也是急火攻心，但总归是一家之主，稳了稳心神，叫人套了马车带上女儿急匆匆地赶回去。

回到小院，已经乱成一团，街坊四邻围了个里三层外三层，大娘子和王员外扑进去一看，刘官人扑倒在院子当中，血流了一地，旁边扔着柴房劈柴的斧头，血淋淋的，可不正是凶器？大娘子坐在地上痛哭，又是害怕又是痛心，不知如何是好。王员外立时就要去报官，这时候却听得外面有人大喊："贼人捉回来了！好一对奸夫淫妇，还想跑！"

众人拥出去一看，怎么是邻居朱三和几个街坊推搡着陈二姐和一个年轻后生？陈二姐哭得泪人一般，那年轻后生满脸愤懑，大声叫嚷"岂有此理"，却被一帮邻居一顿捶打，只气得满面通红。

大娘子这才想起来回家的时候只顾着官人惨死，倒忘了陈二姐哪里去了，这会子怎么又被邻居从外面抓回来，还说是贼人？奸夫淫妇？这是何故？

这个邻居朱三向来和刘官人交好，朱三老婆和陈二姐也颇聊得来，怎么朱三此刻反倒抓了陈二姐？朱三这时冲过来向大娘子和王员外诉说前情。原来昨天深夜陈二姐跑到他家借宿，说刘官人喝得醉醺醺回家，跟她说已经把她卖给了一户人家做小，换些钱好过活，她本以为是玩笑话，没想到刘官人真的掏出十五贯钱来，这下子可由不得她不信了。陈二姐虽然是小户人家出身，但也不堪如此受辱，打定主意要跑回娘家去，此时夜色已深，无法起行，这才跑来求助，先在朱三家和朱三娘住一晚。

朱三家两口子本想着今天早起去刘官人家问问详情，两口子吵架这都是常有的事，哪里就至于回娘家了？再者说了，陈二姐说刘官人把她卖了，想来也是刘官人的玩笑话，昨天明明听说刘官人和大娘子去给老丈人贺寿，哪儿来的工夫卖小妾？这三口人平日里也是热络和睦，刘官人本就是个爱开玩笑的，想必有什么隐情，再不济也不至于卖人啊，且去拉呱拉呱，看有没有转圜的余地。

没想到一早起来，陈二姐已经走了，再到刘官人家推门一看，吓得魂飞魄散：满院子淌血，刘官人眼看着早都不中用了，急忙大叫大嚷把四邻都招呼过来，大致说了一下陈二姐昨夜的话。有那机灵的跑去卧室一看，床上也是翻得乱七八糟，哪里有十五贯钱的踪影？不管怎样，这陈二姐也不能白白跑脱了，当下有人做了主，让大伙儿兵分两路，一路直奔王员外家报信，一路往褚家堂村去追陈二姐回来对证。

这时，另一个去追陈二姐的邻居气愤不已，抢过朱三的话头接着说，他们追到城外数里，正看见陈二姐和这个男子同行，本来只是疑心这两人有奸情，没想到在这男子的背囊里翻出来十五贯钱！一文不多，一文不少，整整齐齐十五贯！这人赃并获，还有何说道？！

大娘子气血上涌，扑上去就要和陈二姐拼命，陈二姐大呼冤枉，说官人昨夜回来只是说把她卖了十五贯钱，她把那钱堆在床脚一文没动，今天赶回娘家避祸，路上遇见这位后生，说是在城里卖了丝帐收了钱回褚家堂村的，她听说是同村，就央求人家与她同行，好有个照应，哪承想有这样的事？

那后生自称邻村人，只是个卖丝帐的，今日正好卖了十五贯钱回村，路遇这个小娘子央求同路，也就一同走回去罢了，怎料摊上了这么大的官司？气得前言不搭后语，苦于只有一张嘴，被一群人团团围住，实在是辩驳不明。

这一群人推推搡搡进了府衙。临安府的府尹却是个昏官，听了众人七嘴八舌一顿讲述，查访一概不做了，当场便下了判决：刘官人好端端从岳丈那里得了点儿钱，要回家做买卖营生，哪里来的卖小老婆之说？定是这二人早有奸情，昨日看刘官人带钱回来，干脆一不做二不休下了死手，胡编些说辞，实在可诛，当堂判了个人头落地。

这惨案过去一年，王员外又派人来接大娘子，说："你守寡一年也算持节忠贞了，但是毕竟年纪轻轻又没有子嗣，这么下去不是个办法，听父母的话，改嫁了吧。"这一年不知有多少人劝过了，大娘子叹口气，也罢，日子总得过着，自己对刘官人也算是尽心了。

收拾了家当，大娘子与家丁老王一路返回娘家。不料想，麻绳偏从细处断，厄运专挑苦命人，两个人走到乡野偏僻处，霍地蹿出来个劫道的山贼，二话不说上来就把老王砍了个呜呼哀哉，大娘子险些吓晕过去，哆哆嗦嗦半晌，那山贼看她颇有几分姿色，问她肯不肯去当个压寨夫人。

那血淋淋的大砍刀横在面前，大娘子敢说不肯？可怜可叹，大娘子转眼成了贼夫人。

古时候都讲一些从夫认命的歪理，大娘子也是如此，虽然深恨这个山贼杀了老王，但自己一介女流又无可奈何，加上这山贼自打掳了她来，竟然也是百般疼爱，日子稍久一些，更到了对她言听计从的地步。大娘子心里虽然愁闷，也只能暂时委身于此，暗地里时常以泪洗面。

再后来有一日，这山贼喝了酒跟大娘子闲谈，突然叹起气来，说："这辈子虽然落草为寇，却一向只挑那奸商下手，只有两桩人命不该杀，这都是日后黄泉路上的阴司罪过。"大娘子问他哪两桩，山贼说："一桩便是与你同行的老仆，他年岁大了，我不杀他也无妨，没承想，下手重了；还有一桩是数年前了，我去临安城里闲逛，正遇一人背着包袱，我看准了那里面有钱，便把他跟住了，不承想，他去了一小馆吃酒，人多眼杂不好下手，他还絮絮叨叨说些什么老泰山如今给了他不少本钱，明日里就去盘个铺面，果然我没有看错，一路跟着他回了家，这厮喝得烂醉，浑不知我在他身后潜进去。这厮还跟他老婆调笑，说他那钱是卖妻所得，实在可笑，我本想藏身他家柴垛后面等二人睡熟了进去只拿了钱就好，谁料想，他那老婆竟背了个小包袱走了，想是拿他那话当了真。后半夜我去取钱，不料那厮竟醒转过来，苦苦相缠，我本不愿害命，实在被他叫嚷得颇烦，顺手去柴垛取了斧子，不想一下竟给劈死了。"

山贼在这儿絮絮叨叨地悔过，那大娘子心里可是跟五雷轰顶一般，原来竟是如此！此事竟是如此！竟错怪了陈二姐，冤杀了两条命，委身山贼尚情有可原，知道这般前情还不报官，那还是人吗？

隔天大娘子便编了个借口出了门，如今这山贼早都不防着大娘子了，以为她去城里逛街，谁知大娘子径直奔往府衙击鼓，好在这时那前任昏官已经卸任，新任府尹听了详情，立马派官兵去捉了这山贼回来，大刑伺候一阵，便桩桩件件全都招了。

山贼斩首自不必说，大娘子虽然造了冤情，却也不是她的过失，只怪前任府尹昏庸无能、草菅人命，官府没收了山贼的家财，一半充公，一半给了大娘子作抚恤。大娘子深恨自己错判，愧对九泉下的陈二姐和那无辜后生，全数家产尽舍与尼姑庵，剃去青丝，在佛门内为冤魂超度以了此残生。

本回故事：冯梦龙《醒世恒言》之《十五贯戏言成巧祸》

第二回
美男误

痴呆娶得绝色女
扇坠不言两喊冤

天下哪有这样巧的事，
蒋瑜搬去了前院，那赵
家的儿媳妇竟然也跟着
搬进了前院，仍是与他
一墙之隔！

从来廉吏最难为，不似贪官病可医。
莫道狱成无可改，好将山案自翻移。

　　上回书咱们讲了《醒世恒言》中《十五贯戏言成巧祸》一回，对原著故事做了些结构上的简单调整。因为昆曲《十五贯》中一条剧情主线中的悬疑部分与清代李渔所著的《无声戏》中《美男子避惑反生疑》一回有着高度相似性，这一回咱们就来讲述这个故事与昆曲《十五贯》是如何巧妙串接融合的。

　　话说淮安山阳县有熊氏两兄弟，哥哥熊友兰，弟弟熊友蕙——太难记了，咱们叫他俩熊大、熊二吧！熊家家境贫寒，但兄弟二人品格明洁、情比金坚，熊二自幼寒窗苦读，只盼他年得第封官，一举脱贫致富。哥哥一力挑起家里重担，常年外出务工挣钱养家，一门心思供养弟弟读书。

熊大在外做工，忽一日有家乡人来报信，说他弟弟犯下了杀人的案子，如今在老家已经下了大狱，对方苦主不依不饶，让他家把他弟弟窃来的十五贯钱还上。

熊大听了这消息简直五雷轰顶，别说杀人了，偷窃这事也不是弟弟能做出来的啊！他一介文弱书生，手无缚鸡之力，自小学的都是圣贤之道，怎么可能犯下这样的死罪？

但事出紧急来不及多问多想，先赶回去救人是正经。熊大向好心的客商借了十五贯钱便匆匆赶回山阳县。路上巧遇一女子，也是行色匆匆、步履慌乱，看起来受惊不小，两下里一搭话，都是去同一个方向，便结伴前行。

这女子原来是无锡屠户游葫芦的继女小娟，游葫芦前一日在外面借了十五贯钱，酒后跟女儿开玩笑说是卖她所得，这继父素来待她刻薄，这种事想必也是做得出的。小娟惊惶万分，连夜跑出去打算去投奔自己的亲姑妈，谁料她前脚走，她继父后脚就在家中被无赖娄阿鼠杀害，盗走了十五贯钱……

您看，讲到这里，不就跟上回书接上了！它只是把人名和身份换了一下！不过，故事到这儿才只讲了一半，接下来咱们说说熊二杀人偷钱的这一条线！这还得从李渔的《无声戏》说起。

《十五贯》的作者是剧作家朱素臣，要说名气可比不过写过《闲情偶寄》的李渔。李渔对古代戏曲理论有很深的研究，自己也写故事，《无声戏》就是他的故事集，书名取个纸上演戏的大意，里面记载的都是些老百姓喜闻乐见的世情故事，主要目的还是惩恶扬善。《无声戏》里有一回名叫《美男子避惑反生疑》。

话说明正德年间，四川成都府华阳县有个富户，名叫赵玉吾，咱们叫他老赵吧，老赵是个开绸缎铺的，家境殷实，但为人极是刻薄，是个嘴上不饶人的主儿，平日里就喜欢和一帮闲汉聚在一起嚼舌，东家长西家短，人家好好的言行到了他嘴里也能给编排成不三不四，许是惩戒他的口业，老天爷偏偏让他生了个独子，还是个相貌丑陋的痴呆儿，这成了老赵的大心病。

幸好这个老赵家境殷实，儿子虽然痴痴傻傻，倒也不愁结亲。天下的人多是物以类聚，有个做木材生意的富商，正房夫人生有一子，小妾育有一女，这老赵便去提亲，大夫人巴不得让这个庶出的姑娘早早出阁，加上跟这个老赵也算是门当户对，很快便做定了这门亲。

老赵的傻儿子小赵，年方十六，木商的女儿比这小赵还大两岁，本来两家商定小赵满了十八岁再正式迎娶，没想到天有不测风云，亲事商定没多久，木商夫妇竟然双双病故，老赵心里盘算这儿媳妇与她家兄本不是一母所生，如今没了爹，住在家里也是不便，便央告了媒人去木商家，想把儿媳先接过来在自家住下，等儿子年纪大些了再办喜事。

木商家岂有不允的？这小儿媳便先到了老赵家。

老赵此前求亲只是贪图亲家豪富，等到儿媳妇进了门，这才发现简直是平路上捡了无价宝。这儿媳妇生得面如凝脂、腮飞红霞，袅袅婷婷好风华，说话做事更是挑不出一丝毛病，虽然一进门就看明白了自己未来的夫君是个丑陋痴傻的无用人，但竟然毫无怨言，本本分分做起了媳妇。如此人儿，真叫老赵夫妇爱得不知如何是好，恨不能供奉起来。

虽然这老赵是个富商，隔壁邻居却是个穷人。隔壁住着一童生名叫蒋瑜，父母早亡，他自幼生得文弱秀丽，只会读书，一个人根本操持不了什么家务，双亲亡故后，一年一年就靠着变卖家产维生，渐渐地家徒四壁，饥一餐饱一餐也是常有的事。

蒋瑜家与老赵家贴壁相邻，但因为他一介寒儒不善交际，老赵又是个势利眼，两家也说不上有什么交情。但再没交情，赵家住进来新女眷的事蒋瑜当然也是知道的，只是他并没放在心上，日日只管读书。

突有一日，蒋瑜听得隔壁小丫鬟的嬉闹声，意识到赵家那位小儿媳大约是住在这屋子的隔壁间了，俗话说瓜田不纳履，李下不整冠，蒋瑜把这些道德教化甚是放在心上，深感不妥，于是，第二天就搬到前院厢房住着去了。

天下哪有这样巧的事，蒋瑜搬去了前院，那赵家的儿媳妇竟然也跟着搬进了前院，仍是与他一墙之隔！

这是怎么回事呢？

原来这院墙薄，又不是只有蒋瑜听得见隔壁人声，赵家儿媳也听得见邻家日日传来读书声，心里好奇，就随口问了自己婆婆："隔壁住着什么人？"婆婆说："是个童生，别的不会，只知道死读书。"小儿媳笑说："那看他如此用功，来日必有所得。"

说者无心，听者有意，本来这个儿媳妇和自己儿子就不太般配，今天这么一说，这婆婆心里难免别扭，担心儿媳日子久了生出异心，就去与老赵商量，老赵大吃一惊，他本来就是心胸狭隘、善妒之人，当然推己及人，立刻找了个由头让儿媳妇搬到前院去住了。小儿媳天资聪颖，当时就想到这是公婆不放心自己，不由生出许多幽怨。

两边一处是存心避嫌，一处是着意暗示，各自搬家，谁知又搬到一处了。老赵夫妇在儿媳房中收拾东西，竟又听到隔壁传来读书声，惊疑不定，忍不住打量儿媳，小儿媳百口莫辩，羞愤难当，但婆媳双方都没戳破这层，毕竟是毫无痕迹的事。

这附近的闲汉们虽然每天聚在一起胡扯，但各人也都有各人的营生，其中有个做古董玩物交易的，这天正在街上与几个人闲聊，蒋瑜竟找了上来，掏出一个玉扇坠，想要卖些银钱，请这人瞧瞧。

这小贩子拿过那个玉扇坠仔细瞧，旁边有人眼尖，大喊："这不是老赵的宝贝吗？"他说完，另外好几个人也都恍然大悟，纷纷附和："可不正是他那俩宝贝之一！"原来那老赵平常除了爱讥讽别人家事，更爱显富夸耀，最喜欢摇着扇子显摆他那两个扇坠子，一个老玉的，一个迦楠香的，今儿挂这个，明儿摇着那个，逢人便说这两个坠子可值得不少银两，所以大伙儿都见识过，怎么到了蒋瑜手里？

此时人群里有人说话，说："前阵子那老赵曾跟我说过，家里儿媳贤惠端庄、识大体，他夫妇二人爱其如女，便把自己的两个宝贝扇坠都送给儿媳了。"

人群哄然大笑，有人起哄说："原来这贤惠儿媳到底是忍不下赵家那个痴呆丑儿，与咱们蒋公子做了好姻缘了呀！"

蒋瑜这个扇坠子哪里来的？却是他前几日在家中收拾书橱，在隔板间捡来的，见四下里再没有他物，虽然心里疑惑，却也没当回事，只以为是父母在世时的物件，不想遗落在角落里，今天也能换些钱糊口，还欢欢喜喜望天拜了拜。

此时竟被人说出是邻居之物，更离谱的是，竟是老赵赠予儿媳之物，这还了得？自己一身清白，更不能污了人家姑娘的名节啊！蒋瑜急得面皮紫涨，不断辩驳，众人哪里听他的，平时老赵口无遮拦，大家心里早都不喜，今天他家出了这种丑事，谁能饶他！纷纷嚷嚷着把老赵从家里哄叫了出来。

老赵一看见那玉坠，登时恨不得找个地缝藏身，可不就是自己那枚，这还有什么话说！虽然家丑不可外扬，而且儿子那个样子，以后定然不可能再得这样品貌的儿媳，年轻人行差踏错也是有的，私心里是想忍气吞声，但现在已然沸沸扬扬，都在看笑话，哪里还吞得下这偌大的一口肮脏气？一把抓了蒋瑜就去见官。

知府听完陈情，再把那老赵儿子和儿媳都叫来堂前一看，好嘛，这小赵又丑又痴，这小儿媳秀丽可人，哪儿像夫妻？再看蒋瑜虽是文弱，但一表人才，与小儿媳倒像一对璧人，这还用说？必是这儿媳嫌厌亲夫，正遇上蒋瑜勾引，两下里做了这等丑事。听老赵说儿媳妇虽已住进来，却还没有办婚事，也并无夫妇之实，这知府当即判了，遣小儿媳回原籍，将蒋瑜一顿好打。此时老赵仍旧喊冤，说他赠予儿媳的是两个扇坠，如今蒋瑜只拿出来一个，另一个迦楠香的必定是他已经卖了，这可得还给他。

蒋瑜叫苦不迭，哪儿来的两个扇坠？只有这一个啊！那小儿媳也是哭得怨天怨地，说：前几天扇坠子都不见了，自己遍寻不着，心里惭愧也没敢声张，谁知道竟然落在邻家，天大的奇冤。

知府断定是蒋瑜把坠子卖了不认，罚他数日内凑够银两还与老赵，不然少不得牢狱之灾。蒋瑜只能回去，又是一番变卖。

此事至此已经稀里糊涂结了尾，谁也不知道这二人是否有私情，这扇坠是否真是私下所授，只知道这二人回去后各自日夜喊冤，令人生疑。

　　没多久知府衙门闹鼠患，知府夫人的首饰细软丢了不少，后来着人在墙上翻找老鼠洞，果然顺着洞摸出来了那些东西，这个知府也并不是个完全的浑人，突然想起蒋瑜一案，立即重审。衙役去蒋家一番查找，果然有老鼠洞，顺着洞口凿开一条，直通向隔壁赵家当日小儿媳所住的房间，那鼠洞里不少细碎物件，赫然有个迦楠香扇坠子，已经被老鼠啃咬得遍体齿痕。

　　老赵夫妇愧悔万分自不必说，知府也是深感不安，遣人从木商家把小儿媳请回，请自己夫人问过了她的心意，自己又放下官架子，与蒋瑜商讨后，做了个将功补过的月老，当堂把小儿媳许配给了蒋瑜，又把蒋瑜纳为门生，算是这知府与老鼠一并改写了一桩错配姻缘吧。

　　这个故事里的蒋瑜，咱们把他改成熊二，玉扇坠和迦楠香扇坠改成金镯子和十五贯钱，就差不多是昆曲《十五贯》里的一条故事线了。

　　《十五贯》这部戏，在咱们传统戏曲领域里，始终保持着生命力，有着鲜明的特色。它的全本分为上下卷，一共二十六出，相当于是部连续剧了！所以要分成三四天演，而且这个戏是双线剧情，改编的《醒世恒言》里刘官人这一段，是其中的一条线。

看到这里您可能会想，写这故事的剧作家要是放到现在，得被冯梦龙和李渔告个倾家荡产吧？他这本子分明就是个抄袭作品啊！其实啊，以前不讲这个，很多民间故事传说，大家都是谁愿意写谁写，谁能改编谁改编，要说抄袭，冯梦龙写的这一回还是改自宋代话本《错斩崔宁》呢，还得往前倒腾。很多正统文人瞧不上这个，就是因为觉得这些不是创作。但不管这个文本的根源在哪儿，人家还是有创作的，不只是故事的起承转合、戏曲结构的编排，包括所有台词唱词的撰写，都是经典手笔，所以抛开那些历史局限看，谁也不能否认这个戏的优秀。

本回故事：李渔《无声戏》之《美男子避惑反生疑》，以及昆曲和其他曲种之名作《十五贯》

第三回
盗辩案

新婚夜郎中变毛贼
公堂上演戏反打脸

第二天，这黄衙役早早从外面找了一艺伎来，换上章家儿媳妇的衣服首饰，章家又领了几个下人婆子随着，袅袅婷婷地来了衙门，上了堂，欠身一拜，也不说话。

曲木为直终必弯，养狼当犬看家难。
墨染鸬鹚黑不久，粉刷乌鸦白不坚。
蜜浸黄连终须苦，强摘瓜果不能甜。
好事总得善人做，哪有凡人做神仙。

　　在明朝的安吉有个富户姓章，叫章守藩，生了个儿子叫章国钦，章家本身就富甲一方，加上这个章国钦也算是一表人才，所以他爹很容易就给他寻了个好姻缘，与一户姓司马的官宦人家的小姐喜结连理。

　　一家有官，一家有钱，这婚礼当然要大事铺张。司马家知道亲家有钱，但一心要给女儿长脸，在嫁妆上也不甘下风，车马仆役整得浩浩荡荡；章员外那自然是筵开数日、结彩数里，这婚宴成了当地难得一见的盛景，连县衙里都有不少人去喝了喜酒。

　　章家喜事办完第二天，这安吉县衙吵吵嚷嚷挤进来十数人，安吉县令姓闻，抬头一看，这不是章大财主章守藩吗？刚张灯结彩办了喜事，此时怎么满面怒气到公堂告状来了？再一看旁边，几个壮硕的家丁奴仆捆着一个形貌猥琐的汉子，嘴里斥骂不绝，直喊狗贼。那汉子嘴里被塞了破布，呜呜作声，也不知在呜呜些什么。

原来是章家进了贼了。这章家办喜事，司马家随着嫁妆来了不少仆从，自己家也临时雇了不少杂役仆妇，加上四方亲旧、乡邻老幼，这院子里这些天可真是人流如织，很多都是陌生面孔，体面些的各自猜测对方是客，见面互相恭喜，仆从打扮的一照面便互道一声辛苦，就这么人来人往，直到昨天才算把这喜事张罗完了。没想到半夜章员外听见院子里有异响，出去一看，正有一人在那儿守着一些没来得及收拾的箱橱翻检，这送亲的、贺喜的都走完了，剩下的都是自家下人，这个人面目陌生，必定是贼。

章员外一声断喝叫醒了家人仆从，三两下就把这贼擒了扔在柴房，只等今天天亮送官。

本来家里办喜事，有人顺势进来蹭吃蹭喝也是常有的事，主家图个吉利平安，就算看见陌生面孔生疑，无非一顿饮食，也不愠不恼，只当同喜了。但是这贼竟然想翻检箱橱，实在可恼，万一真让他偷了什么去，新娶的儿媳妇过些天回门讲给亲家听，岂不让人家笑话自己家连个家门都关不严？

　　虽然那贼一直求饶，下人看他也没有偷到什么东西，也有劝老爷放了算了的，但章员外越想越气，一定要做个样子出来，好教儿媳妇心里踏实，咱们家眼里可不容沙子。当时就叫人拿破布堵了嘴，把贼扔进柴房了。

　　这案子也太小了，闻县令听完心里都觉得可笑，这章财主，真是小题大做，罢了，把这贼打上几十板子让他出出气也就结了。但总不能听完他这番话便打，显得我堂堂县令还讨好他一个财主不成？凡是案子，有诉状的就有分辩的，不可只听一家之言，总得给贼个辩白的机会，叫人把贼嘴里的破布取走，质问他是不是胆大包天去人家院子偷了东西，被人当场捉住，如今认不认罪？

　　谁能想到呢？那毛贼嘴里被塞了半宿的破抹布，这会儿刚能顺口气，吭吭咯咯在堂上咳了个够，突然咣当跪下大喊："冤枉啊！冤枉啊大人！我是司马家大小姐的随行郎中啊！这财主欠我医药钱不肯认账反撵我走，怕我说破他这丑事，竟然编出这样的鬼话冤枉我！还堵了我的嘴，大人为小的做主哇！"

　　毛贼此言一出满堂哗然，县令和一众衙役始料不及面面相觑，章员外更是愣在当场，突然反应过来，冲过去就给了毛贼一个嘴巴子："天杀的毛贼，偷盗不成不肯告饶已属可恼，竟然敢污我儿媳清誉，简直可恨！"毛贼挨了一巴掌，更是大叫大嚷起来，堂上登时吵嚷作一团。

县令喝止了众人，觉得事有蹊跷，讯问那自称郎中的人姓甚名谁，如何就成了章家新妇的随行郎中？自述被章员外赖账又有何凭据？

那人扑通跪下开始絮絮叨叨，自称都五惇，是司马家去年找去家中给女儿看病的郎中，那司马小姐右脚上生了茶碗大的脓疮，几乎不能行走，是他给治了大半年才慢慢痊愈，今年司马家要嫁女，担心婚事劳碌引发女儿旧疾，便托他随行送亲，到了司马家等婚宴结束再回返，至于这一趟的用度自有亲家章员外给他，"本来他两家去年就该完婚，若不是小姐的脚疾，岂能拖延一年？我若是个路过的窃贼，如何得知这种隐情？"那都五惇大喊大叫，满面愤愤。

这下别说县衙的人了，连章员外和自家下人，全都傻眼，这都五惇所说确实是家中实情，但这种门内私事，这一个毛贼如何得知？县令追问章员外都五惇所说是否属实，章员外方寸大乱，说属实吧，他确实

是昨夜自己亲手抓的贼，说不属实吧，他这头头是道
说的又都是家里的实情，这是怎么回事？一时竟然结
巴起来。

公堂之上，都五惇说出了章员外家儿媳的私事，
县令大人对章守藩此先的言辞已经有所怀疑，此时章
员外家的下人禀报了，说："大老爷明察啊，这厮虽然
知道我家公子推迟完婚的缘故，那也不算稀奇，我家
这场婚事十里八乡谁人不知哪个不晓，知道少夫人脚
疾的人也不在少数，这厮既然有心来我们府上偷盗，
事先存心打听了家里的事情也未可知。"

众人又纷纷附和，闻县令探身问那都五惇，还有
什么可申辩的吗？只凭脚疾，确实不能说你是郎中。

都五惇此时反倒理直气壮起来，直起身子跟老爷
回话，说自己是司马家请来的，自然知道的都是司马
家的事情，随即把司马家多少人口、小姐在娘家乳名
是什么、小姐陪嫁嫁妆里有哪些亲戚置办的上等好货
等竟一口气说了个仔仔细细，有些是章员外知道的，
一丝不差，有些闺房小事竟然是他也不知道的。都五
惇这一通如数家珍，把章员外直说得脑袋嗡嗡作响，
实在理不出个头绪，难道还能是跟着送亲队伍远道而
来的一个贼？这可真是闻所未闻。而堂下那帮家丁此

时也不吭声了，有几个机灵的，回想昨夜老爷把大伙儿叫起来，也没问几句话，就急急忙忙只喊着让我们把这贼的嘴巴堵上，莫非真是有什么隐情，不然着急堵嘴作甚？

这些话说完，堂上堂下全都肃静了。县令看实在没办法厘清头绪，这时也顾不得章员外的体面了，只能暂且退堂，把都五惇暂押，命章员外明日带着自己儿子儿媳来当堂对质。

说个题外话，放在今天这司马小姐说不定报警的时候已经一块儿去了，但这不是明朝吗？古时候的大家闺秀本来就不能轻易抛头露面，何况她出身官宦之家，而且刚刚新婚过门，前两天大操大办锣鼓喧天刚来到贵宝地，今日就因为这种事上衙门对质，成何体统！带了个郎中出门，还被老公公赖账，这名声太不好听，外面难免闲言碎语，不管是家中闹贼也好，闹纠纷也罢，毕竟都算不上大事，怎么能闹到让新娘子和一个男子对簿公堂呢？

说回章员外，明明只是抓了个小贼，本来也是为了在儿媳面前摆一下自己在此地的威风，没想到此事竟然成了迷雾一团，章员外现在真是又头疼又焦躁。

但毕竟是当地豪绅，不多时熟识的亲友们就都知道了个七七八八，自有人帮着张罗起来。返回家中没几个时辰，家里就有人带来一个人，说是可以完美解决此事，不劳章员外苦恼。这人请进来一看有些面善，似曾相识一般，一问之下恍然大悟，原来是今天在公堂之上的一个老衙役，自称姓黄。

这黄衙役把他的计谋向章员外一说，章员外顿时神清气爽直呼妙计，大手一挥让下人封了三十两银子给黄衙役，喜气洋洋送出家门。

什么计？区区张冠李戴调包计而已。那老衙役在公门里混了半辈子，早混出一身察言观色的本领，又颇有一些市井伎俩，一眼看明白这章员外绝不可能在大喜的日子赖这种小账，那贼子不知从何处得知那么多人家私事，仗着章员外不肯让儿媳妇去公门抛头露面便大放厥词，打算混个全身而退。他来给章员外打了包票，只需章家提供一套新媳妇的新衣饰，他去找一女子来假扮司马小姐上堂，且看那毛贼如何应对。

妙啊，假郎中怎么可能识得假小姐？章员外胸中一口闷气烟消云散。

那黄衙役赶回衙门后堂，求见闻县令，把自己的计策如实禀报，闻县令听完也连连称妙，又揶揄黄衙役，这一番卖力气，可收了不少银子吧？

那黄衙役赌咒发誓他只是看不过毛贼逞强，章家感激他顾全颜面，硬是塞给他十两银子，可不是自己威逼索要，自己一来了结此案，二来也全了衙门的名声。闻县令深知衙门内外事务都要靠这一帮衙役，他们薪俸微薄，只要能办事，这些歪财他也不愿深究，反而愿意让他们拿点儿，这样干起事来自然更用心。

第二天，这黄衙役早早从外面找了一艺伎来，换上章家儿媳妇的衣服首饰，章家又领了几个下人婆子随着，袅袅婷婷地来了衙门，上了堂，欠身一拜，也不说话。旁边的都五惇抬头看见这女子，立马大声叫起司马小姐在娘家的乳名来，边叫边嚷嚷，你这个公公可不是个东西呀，我车马劳顿随着小姐来他家，伺候好了小姐的脚疾打算返乡，你公公赖账还打我，云云。

那艺伎一言不发，堂上众人存心让都五惇出丑，只等他叫嚷了半天闻县令才一声大喝："你这贼厮，这女子并非章家新妇，可见你根本不识得人家，做贼此罪已然定了，还敢当堂蒙骗本官，罪加一等，你是如何得知司马家那许多事情的？莫不是一路从司马家偷盗过来的？我看不大刑伺候，你是不肯如实招供！"

县令本意是先吓唬吓唬都五惇，等他认了再做发落，但众衙役已经都收了黄衙役的好处，一心要替章员外出这口恶气，刚听见个"大刑伺候"便一拥而上，先噼里啪啦给了一顿结实板子，把都五惇打得五荤八素，喊也喊不出。

再审下来，才知道这都五惇在婚宴头一天就已经随着人流混入了章家，东躲西藏最后躲进了新房的床下，原只等着夜深人静出去偷盗，没想到那章家儿子和这司马家小姐一见钟情，两人絮语无穷，聊不尽的知心话，这贼子差点儿没憋死在床底，等到后半夜实在是饿得半死才冒险出去，结果当场被抓。

这都五惇虽然是个贼，却有个好记性，躲在床底下饿得半死不活，竟然把人家闺房里的话记了个九成九，抓到公堂上脑子一转，横下一条心，打量着章家必不肯让女眷上堂，如此就能混过去了。

原来只是如此小的一桩贼事，只是好巧不巧那少年夫妻爱聊天，那贼记性好、耳朵尖，章守藩爱面子，黄衙役有机巧，于是串起来这么一段公案。

本回故事：余象斗《皇明诸司公案》（简称《诸司公案》）

今夜拍案惊奇

第四回
画眉案

纨绔子遛鸟竟丧身
假头颅扯出连环案

"我儿的脑袋呢？！"沈昱醒来就哭天抢地，那尸体衣着他一眼就认出来，正是自己的宝贝独苗沈秀。

飞禽惹起祸根芽，七命相残事可嗟。
奉劝世人须鉴戒，莫叫儿女不当家。

　　此事发生在大宋徽宗宣和年间的海宁郡，也就是今天的浙江海宁，当地有一个富户姓沈名昱，家里是开机织坊的，是朝廷在册的机户，住在城郊，家资万贯。

　　这沈昱与夫人恩爱甚笃，两人膝下只有一个独子名叫沈秀，聪明伶俐，相貌清俊，可惜的是自幼贪玩，父母唯此一子难免宠溺，所以这沈秀长到十八岁仍如顽童一般，也不读书上进，也不急着谈婚论嫁，只好一样：养鸟，而且是单养画眉。

　　沈秀虽然年纪小，但他的名声在当地玩鸟人中可不小。只因沈秀虽然在别的事上俱不用心，偏偏在养画眉上颇有天赋，百米之外只听叫声就能辨出这鸟优劣，又极善调理，凡他调养的画眉，在斗鸟场上总是赢多输少。这两年他新得了一只画眉，精心饲弄得气宇轩昂，嗓子亮得跟金子打出来的似的，叫快了响遏行云，叫慢了绮丽缠绵，真如同一个善歌的仙子。凭着这只画眉，沈秀在斗鸟场上赢钱无数，特意找人做了金漆的鸟笼、哥窑的水食罐儿，每天他拎着这只画眉去一个柳树林里与人比拼炫耀，好不得意。

话说这一日沈秀起来吃了饭，照例要拎着他的画眉去柳树林玩耍，沈夫人看不过眼唠叨了几句，也无非是劝儿子干点儿正经事，成天提笼架鸟看着也太没出息了。该说不说，这当妈的，小时溺爱，任由儿子予取予求，如今他都十八岁了才想起来劝导，那能有用吗？少不得让儿子撒娇赌气地纠缠了一阵，也就作罢了。这沈秀开开心心拎着他的画眉，抬脚出了家门，这一去就去了鬼门关。

沈秀平常出去遛鸟，最多和玩伴一同吃了午饭也就回家了，不想今天沈夫人左等他不回来、右等他没踪影，眼看着日头偏西，难不成是大晌午的还去别的地方玩耍了？沈秀平常不喝酒，不可能是醉倒在外面。胡思乱想间，天就擦了黑，沈夫人实在心焦，派了下人出去打听，四街的饭馆酒肆寻了个遍，竟是没有踪影。

　　沈昱夫妇一夜辗转难眠，天一亮沈昱顾不上茶饭，带着几个下人就出门找儿子，盘算好了去几个平日里与儿子相好的玩伴处问问。出了家门没多久，就有人迎上来寒暄，说是柳树林里出了人命案，好多人都去看热闹了。

　　沈昱一听，浑身的血凉了半截儿，强撑着精神直奔到柳树林：看热闹的、仵作官差围了一大堆。沈昱踉跄着扒拉开众人，从人群中挤进去，地上直挺挺一具尸身，只看了一眼衣衫，沈昱已经站立不稳，跌坐在地上，再往上一看，当时昏死过去。

　　"我儿的脑袋呢？！"

　　沈昱醒来就哭天抢地，那尸体衣着他一眼就认出来，正是自己的宝贝独苗沈秀。昨天好端端出门玩耍，如今冷冰冰横尸荒林，这已经是惨痛至极，谁知道居然连脑袋都被人割了去，这是多大的仇怨，能下得了这样的狠手？下人连拖带拽把沈老爷从地上搀扶起来，衙门的差人一看这是苦主到了，上前安抚一番，领了一干人等去衙门回禀。

　　人命大案归临安府审理，知府听了差人回禀，又听了沈昱泣不成声的哀告，当即安排衙役四处去搜寻打探，务必追凶到案。

出了衙门，沈昱哭得六神无主，有得力的下人已经去置办了上好的棺木，先把沈秀那无头尸身安顿了。一行人悲声大作回了家，沈夫人早已经得信儿，这会子已经在家哭死过去几回，凄惨之状不可尽述。

转眼过去半月，官府的追凶毫无进展，沈昱夫妇商量了一下，不能只等官家，就自己找人写了告示满城张贴，若有人寻得他儿头颅，赏钱一千贯，如是抓获真凶，赏钱两千贯。官府得知了此事，也是有愧，同贴告示追赏：寻得头颅者追赏五百贯，捉凶到案者追赏一千贯。告示一出，满城轰动，老话说，重赏之下必有勇夫，一时间沈家重金寻头成了城中大事。

果然有钱好办事，又过了将将半个月，临安府衙来了两个破衣烂衫的兄弟，来禀报求赏，说是今晨在湖边捕鱼时在浅滩处发现一个泡得不成样子的人头，想必正是沈家儿子，赶紧前来禀报。官府差人急忙去沈家通报，沈昱跌跌撞撞跟着一行人来到湖边，果然捞起一个人头，泡得污糟不堪，哪里认得出什么面目。沈昱遭逢变故早就心神恍惚，只看见人头就开始大哭，直呼苦命儿，下人急忙收拾了起来。

那两人自报是一对亲兄弟，名叫黄大保与黄小保，

盗画眉张公毙沈秀

父母早亡，两个人住在城外山脚下相依为命，今日巧在此处看见一个脑袋，吓得半死要去报官，路上方想起来曾听人说起城里有个财主家悬赏找头，想来就是这个了。

官府和沈昱都没二话，倒是没想到是这两个看起来鲁钝蠢笨的穷汉意外将脑袋寻得了，案子好歹算是有个进展，将事先说好的赏金利索地给了，黄大保和黄小保千恩万谢。沈昱领了头颅回去，那脑袋破败不堪也不忍再看，只叫下人找来办丧葬的好生收拾一下安顿进棺材里，总算是把儿子火化了。

说来也是怪异，收拾尸身棺木的下人悄悄传话，说少爷这头丢了一个月，竟连头发都不见几根了，真是可怜，也有人说是被那湖水久泡，泡掉了也是有的，总不至于还去那湖里打捞头发不成？如今回来全尸，已然算是老天怜悯了，只等着官府捉到凶手，那时少爷总算是能安息了吧。

风言风语传一阵也就过去了，官府那边久久没有进展，沈昱心里也多少知道恐怕儿子这冤屈没有大白之日，虽然苦闷，却更担心夫人身体，只能强作镇定，指望着慢慢淡化难受的心情。

日子转瞬过去大半年，沈昱动身前往东京汴梁给朝廷上交当年的锦缎布匹，把家里安顿好便上路了。到了汴梁办完事，独自在城中闲逛散心，也是想借着汴梁繁华盛景纾解心中愁苦。

这一日，沈昱走着走着来到一处僻静幽美的庭院前，耳听得里面莺歌鹂鸣。沈昱本身也是喜爱这些花鸟鱼虫的，当初儿子偏爱养鸟也多少受他的影响，不想在这里听见这么多清丽鸟声，沈昱便去叩门，一问才知道这是御用的禽鸟房，专门收着各处上贡来的鸣禽。沈昱心里想着今日必得开开这个眼界，花了些钱说了些好话，看管的校尉暗忖这也不叫什么事，便放他进去看看。

这一看可就看出大变故了。那里面鸣禽虽多，却独有一只画眉叫声格外别致清亮，沈昱走到跟前细看，那鸟叫声更是激越，在笼中蹦跳不止，甚至用头来撞。沈昱仔细一看，大叫起来："我儿好惨啊！"

原来这正是他儿子沈秀的那只画眉。

沈秀的画眉怎么会在御用禽鸟房？这谁能知道！反正沈昱看见儿子的画眉，这大半年来积压的悲痛再也按捺不住，大哭大嚷不肯作罢，直把禽鸟房的校尉弄得又惊又怕，只得把他领去了大理寺。

大理寺官本以为是醉汉闹事，等沈昱把儿子遇害之事细细禀报之后愣在堂上，心知这画眉的来历必然扯着这桩凶案，竟然还敢呈献御用，何其大胆。禽鸟房的校尉回去翻了册子，查出这鸟是城内一个叫李吉的商人进献的，大理寺立即着人把李吉捉来审问。

那个李吉上了堂一脸懵懂，沈昱眼珠血红，恨不得上前与他拼命。大理寺官将沈秀出门遛鸟遇害一事说了，直接断喝，要李吉把杀人夺鸟的罪行老实招来。李吉如五雷轰顶一般，跪倒在地大呼冤枉，说这鸟是他去海宁郡行商的时候路遇一个箍桶匠，从那人手里买的。大理寺官喝问他那箍桶匠姓甚名谁，这鸟何处得来，李吉目瞪口呆，说只是路上遇到，见此鸟伶俐，随口问他卖不卖，他说正巧在找买家，说好了一两银子给，后来那人不太愿意，最后称了一两二给他，随行还有两位友商和两个小厮，老爷可去叫来，一问便知。

大理寺官遣人去提那两个客商，不一时差役回复说俱不在京中，都出外行商去了。

至此，大理寺官哪里还肯听李吉辩解，怎么就那么巧，偏说了两个常年不在的人出来？可知早有安排，担心自己东窗事发，早早编了故事做了打算。可恨用如此凶暴手段得来的画眉，竟然还敢呈送皇上，还想借此谋个进身之道，可见心术不端，胆大包天，叫衙役当堂把李吉打了个皮开肉绽，那李吉吃不过打，画了押昏死过去。大理寺官写了奏折呈上，御批速斩，雷厉风行更无二话，李吉人头落地，那画眉也被发还给了沈昱。

回到家中，沈昱将事情经过讲与夫人听，两人抱头痛哭，总算擒杀了真凶，可见老天开眼。他又去临安府禀报此情，知府大喜，没想到这悬案倒被画眉巧破了，安慰沈昱一场，这事就算结了。

结了？不是说一鸟七命吗？这不就是一人行凶伏法，一人天降横祸，没了两条命吗？可见得往后的风波还多着呢。

转眼又过了大半年，这一天临安府有人来喊冤，升堂一看，堂下跪倒两个中年男子，商人打扮，二人声称都是在东京汴梁做药材生意的，他二人的友商被临安的人屈杀了，他们气愤不过，如今自己来临安，已经找见了真凶，求老爷做主。

原来，这正是当日大理寺官派人去找时不在家的那两个客商，他们确实是和李吉在临安行商时遇见一个箍桶匠，从那人手里买的画眉，出门一趟回去才得知李吉竟然因此丧命，真是天大的冤屈！两个人立誓要讨还公道，此次刚好来临安办事，便结伴去街上四处找箍桶的人，当时那卖鸟人的形貌他俩记得真切，临安箍桶匠本也不多，他俩几天打探下来已经找到那人，还特意去他家远远望过，确认没错。

两个人拿了实证跑来喊冤，虽然是已经判定的案子，但临安知府被这两个客商的情义所感动，略一推究也觉得这个说法更合情理，哪有到外地行商却为了一只鸟夺人性命的道理？立即派了衙役去捉。

那箍桶匠到了公堂，想必是事情过去久了，心里没有提防，被两个客商一顿喝问，当时就面皮紫涨、前言不搭后语，知府心里已经有了数，一想到自己被这厮祸害得又是悬赏又是追访，火冒三丈好一顿痛打，箍桶匠没几下就招了，确实是他杀了沈秀。

当日沈秀到了柳林，因为出门前和母亲拌嘴耽搁，鸟友都散了，正要往回走，没想到他的旧疾发作，肚子疼起来天昏地暗，竟然昏死了过去，刚好一箍桶匠路过，看见有人昏倒竟不施救，还想偷了旁边的画眉鸟走。不想当时沈秀已经醒转，见有人正拎他的鸟笼，急得破口大骂，那箍桶匠本也是个泼皮，一看这厮柔柔弱弱，心一横，顺手拎起自己木筐里做活用的弯刀上去就是一抹，那弯刀他天天打磨砍竹锋利无比，一下子竟然把沈秀的头割掉了，他担心太早被人找见苦主，就顺手把头拎起来扔进旁边一棵空心大柳树的树洞里。转身去了城里，路上遇见这几个人，把那画眉卖了……

知府和衙役个个震惊，什么？头扔到柳树树洞里了？那沈家那个头是谁的？心说坏了，想必又是一桩血案。

这下子乱作一团，一拨人去沈家报信，一拨人去城外山脚下捉拿当时送头来领赏的黄家兄弟。沈昱听得此事简直五内俱焚，怎么自己儿子的仇竟然报错了？错杀了好人？

官差和沈家的人赶往柳树林，押着那箍桶匠指认，果然有一棵粗壮的大柳树，在离地四五尺的地方从中裂开，树心中空，难怪当日搜遍了树林也不见头颅。找了锯子来众人合力把大树伐倒，树心里赫然一个大洞，一颗几乎快烂成白骨的人头端端正正躺在那里，头虽然烂了，头发巾饰都还好端端的，沈家下人有平日里和沈秀亲近的，当场哭了起来："这颗头才是少爷的啊！原先那一个，头发都不见几根！"

等回到官衙，黄家兄弟也已经被带来了，知府此时已经确信这二人是谎报骗赏，准备细细拷问那个头是谁的。上堂来便没有二话，一顿板子先给黄小保打哭了，他本来看起来就有些愚笨痴傻，此时大哭大叫，喊着"又不是我要砍爹的头，是老儿自己想出来的计策！叫我俩好得些钱过活"。

世间竟有如此骇人听闻之事。原来这二人的父亲是个抬轿工，家里穷得耗子都不去，旁人叫他黄老狗，可见祖上也穷，连正经名字都没有。这黄老狗在家里说起官府悬赏找人头的事，便跟两个儿子说这可是天大的机会，不如你俩把我杀了，拿我的人头去水里土里糟践些日子，等看不出人样了便去领赏，必然得手，平白的哪里有那么多人头，咱们此计肯定得手，如此我也算给你俩留了点儿家业了。

不知这是黄大保、黄小保编造的，还是黄老狗确有此话，反正这两兄弟竟然真的实施了，不光把爹杀了，头割了，还突然灵机一动连头发都剃了去，怕他们爹那一头稀疏灰发露了馅儿，把亲爹的人头埋进湖边浅土里，过了半月一看已经没个人样了，这才放心大胆来骗赏。

沈昱和官府重金悬赏本为破案，谁知竟惹出这塌天的悖逆之事，惊骇得无以复加，把知府恨得叫衙役把这两个畜生先往半死里打了一通。派了人去黄老狗家村外荒地上，按着黄家兄弟的指认挖开一处无名坟，果然是一具无头男尸在里边，正是黄老狗。

　　案情如此离奇重大，临安知府连夜写了奏章加急送去京城，此事轰动朝野，大理寺官错判了李吉，人死不能复生，朝廷便免了人家子孙的一概徭赋以示慰恤。至于箍桶匠和黄家兄弟，简直恶贯满盈，天理不容，都判了当街凌迟、分尸五段。

　　至此这桩命案本应是完整结束了，只因一只画眉鸟，沈秀、李吉、箍桶匠、黄老狗、黄大保、黄小保六条人命呜呼而亡。谁想到那三个凶徒当街凌迟那天，箍桶匠的老婆也悄悄混在人堆里来看，她丈夫伤天害理的行径她也是知道的，竟然一直守口如瓶、心安理得，可见也不是个良善的人，如今官府没有追究她，可她毕竟心中有鬼，悄悄来看刑场，没想到凌迟之刑惨烈无比，当场吓得魂飞魄散，回家路上重重地跌了一下，等回去后只觉得浑身不适，没几天竟然一命呜呼，街里街坊怨恨他们夫妇狠毒，都说是沈秀来索命了，并无一人同情。

　　虽然说天理昭彰，但如此离奇的案情中，若临安知府查验头颅时严谨、大理寺官堂审李吉时慎重，又何至于冤情迁延日久、无辜枉遭殒命。可叹啊！

本回故事：冯梦龙《喻世明言》之《沈小官一鸟害七命》
本回插图：明代冯梦龙编，《古今小说》明代刊本

第五回
一文钱

小嫌隙两家互骂惹命案
大圈套至亲反目动杀机

今日可巧隔壁县来了公文，说那边
有桩命案，有个女尸是什么什么形
貌，乃是麻绳勒死的，知县一看描
述，可不就是邱乙大老婆！怎的到
了婺源县？

相争只为一文钱，小隙谁知奇祸连！
劝汝舍财兼忍气，一生无事得安然。

《一文钱小隙造奇冤》是冯梦龙"三言"系列中的著名篇章，古代案情故事中小事大祸、连环命案非常多，这个故事因牵连人命众多、对人性的幽暗剖析深刻而著称，与《沈小官一鸟害七命》堪称"三言二拍"中的"命案双煞"。

这个故事因其中各个人物的险恶用心而造成的一系列"巧合"，虽然充满了戏剧性，但是每个环节、每个人物的恶又完全符合其性情导致的行为背后的逻辑，使这个故事为其以后的很多文艺作品提供了宝贵的借鉴，时至今日，在不少疑案类作品中，依然能看到这个故事原型的影子。

原文中一共死了十三人，其中有一些人的死亡虽然与主线故事存在关联性，但对营造故事的戏剧性却没有帮助，甚至影响了整个故事的节奏，所以做了忽略处理。

明朝的婺源县属于南直隶徽州管辖，这一天衙门里拥进来几十口子人，个个叫嚷申冤。当地知县升堂问案，一上来便吓了一大跳，这几十人有站着的、有跪着的，看起来是一伙儿人绑着另一伙儿来报官，人数众多倒也不足为奇，可怕的是这群人还围着几扇门板，那门板就横在大堂门前，上面直挺挺、血淋淋地躺着三具尸身。

原来，报官的是当地富户赵完，这赵完家稻田广多，有几十亩地偏巧正在本县和邻县的交界处，邻县名叫浮梁县，就是景德镇所在的那个江西饶州浮梁县，当时算是两省的交界处。那块地本是他家兄长早年间从邻县豪绅朱常手里买来的，谁知兄长早逝后这朱常竟然翻脸不认，年年割稻时节就来侵扰，今天他听着下人来报，朱常又带了十几人来割稻子，气愤不过与他理论，谁想到那朱常竟然仗着人多势众追打到家中，竟将自己的两个下人活活打死！

知县闻言沉吟不语，这赵完他是熟知的，本地谁人不知他是个豪奢的劣绅，平日里常欺行霸市，岂是

相争只為一
文錢小隙誰
知奇禍連

个容得外人打进家门的？必有蹊跷。当下责问赵完：
"你说这个朱常带人打死你家两个下人，这外面怎的横
躺着三具尸身？那一人是谁？"

此时，被强摁着跪在地上的那个豪绅模样的人大
叫起来："老爷明鉴！老爷做主！小的是浮梁县的朱
常，带着下人来割自家稻子，反被这赵完堵在河边毒
打，活活打死我管家的老婆，我们去他家理论，不知
这厮从哪里打死了两个人推了出来，反倒诬我们杀
人！天大的冤枉啊！"

这时，知县心里大概有数了，原来又是为了抢田
惹出来的事由。如此说来，就是朱常带着人来割稻子，
赵完的下人去打架，不想打死了朱常家的下人，朱常
又领着人打回赵完家，结果也打死了两个人。但这两
家如今谁都不认，均说自己没有打死人，是对方携尸
诬陷。

知县立即召仵作来堂前验尸，那三具尸体是一男
两女，男的年约六旬，体格瘦弱，女的是一位老太太
和一名少妇。两具老年尸身皆为重器殴打头部致死，
血迹惨然，而那少妇周身却并无鲜血，仵作稍加查验
便是一惊，什么打死的，这明明是勒死的！这脖子上
的勒痕赫然在目，哪里还能抵赖？

可见，这女尸确实是那个朱常自己带来诬陷讹诈赵完的，知县心说这人也不是个好相与的，竟然如此恶形恶状，怪道敢和赵完对着干，原来是一路货色。只是这个赵完，别说是明知自己下人并未打死人，就算真的打死了，也不可能放任对方进自己宅院大闹，这朱常再凶顽，岂能进了宅院就先捉住两个老人打死？

三具尸体是真，但双方说辞均不可信。这知县本身是个疾恶如仇的人，平常深恶这帮劣绅，见双方争吵不休，一声令下各打五十大板，当时把赵完、朱常打得叫苦不迭。

打了一通之后再审，那朱常暗忖这是在别人地盘，不可再逞强，只得说了实话，这年轻女尸并不是自己家下人，是今晨准备登船来这边割稻子时在河边发现的，当时脖子上还挂着上吊的麻绳，也不知谁丢在河边的，他当时心想可以带着来吓唬赵完，谁知闹到这步田地。

原来如此，虽然知县对赵完家那两具尸体仍有疑虑，但朱常都认了，眼下也无其他线索，只得如此。当下把赵家放了回去，朱常一伙人先收在县大牢，写好了文书叫人送去浮梁县，一方面通报一下此案，另一方面请邻县查验一下那女尸的来历。

明明离得不远，县里的文书却走了两三日，这才到了浮梁县。浮梁知县接到婺源县来的文书拍案而起："哎呀！可治好了我这几日的头疼！这不就是邱乙大的老婆！"

这个浮梁县，可了不得，"浮梁巧烧瓷，颜色比琼玖"，瓷器重镇景德镇，就是浮梁县的，镇上很多人都以烧瓷为业。有个烧瓷的匠人叫邱乙大，前两日来堂上击鼓鸣冤，说他老婆被邻居刘三旺夫妇逼死了，连尸身都不知藏匿于何处，求老爷明察。浮梁知县传了刘三旺两口子来对供，才知是前一日邱乙大的老婆与刘三旺的老婆在街上有过争吵，那邱乙大老婆回了家气愤不过，说要去吊死在刘三旺家，第二天清早，邱乙大发现老婆真的不见了，找了一圈活不见人死不见尸，一口咬定是刘家夫妇给害死了，就算是自己吊死的，也是这二人怕惹祸上身，把尸体不知丢去了哪里。

当天知县就派了人去街上把昨日见到邱乙大老婆与刘三旺老婆争吵的街坊都叫来问询，两家的孩子也都一并叫到，弄明白了来龙去脉。

当日那邱乙大老婆叫儿子拿了一文钱去买菜，这孩子略有一些呆笨，出了门就遇到刘三旺的儿子，两个孩子三说两说便开始玩起了游戏，不一会儿邱乙大的儿子便把那一文钱输了，想起他娘叫他买菜，心里害怕挨骂，便向对方讨还，人家哪里肯，两个小孩便厮打了起来，邱乙大儿子打不过，回家跟他娘诉苦，邱乙大老婆在家里等菜等不着，气得先是把儿子痛骂了一顿，又朝屁股上踢了两脚，转身去街上揪住刘三旺儿子硬是把一文钱扯了回来。

刘三旺儿子哭号着回家去告诉他娘，那刘三旺老婆是出了名的护犊子，嘴里又没个门闩，平素里就好骂街，听了儿子的话登时泼性大发，冲出去对着邱家院门就开始谩骂。邱乙大老婆知道她泼辣，一时竟然不敢出门，由着她撒泼。

要说这泼妇骂街，最无耻的是无中生有，满口胡吣，偏偏这个刘三旺老婆就是这路人，看邱乙大老婆不敢出来，慢慢又围上来好多街坊，竟还得意起来，胡诌了许多污秽不堪的瞎话污辱邱乙大老婆，街坊平时就厌恶她的粗俗不堪、口无遮拦，这会子更是听不下去。那刘三旺老婆骂了无数下流话，编派了一通胡说八道的没影儿的事，结果都叫刚回家的邱乙大听见了。

这邱乙大躲在人群后听见刘三旺老婆污辱自己老

婆，竟也不出头，只觉得羞愤，等人群散去了才回家。回到家，他可火气大了起来，质问老婆是不是有什么不守妇道的下贱行为，不然刘三旺老婆为什么那么辱骂？怎么她骂你，你也不还口？

丈夫竟然是这种态度，邱乙大老婆又惊又悲，当下在家里大哭大嚷，邱乙大喝了几两酒，更仗着酒劲耍蛮："你要是清清白白，今天晚上就去吊死在他家门口，去！你死了就说明你清白！"

这些口供都是街坊和邱乙大的儿子所述，他儿子说她娘拎着一根麻绳出了门，他想去追，被他爹打了回来，没想到娘就不见了。

刘三旺也是个烧瓷的，自己与邱乙大素无嫌隙，虽然老婆平日里惹人厌烦，但是也没想到能惹上人命官司，何况今天起来并没有看见什么尸体啊，这逼死人命、藏匿尸体的罪名从何说起，当堂大呼冤枉，那刘三旺老婆也扯着嗓子哭号起来。

前面说了，刘三旺老婆为人粗鄙，街坊乡邻积怨已久，如今群起而攻之，这大堂上叽叽喳喳怨声载道，都说必定是她逼死的，她昨日里满嘴胡吣，污人清白，那架势就是存心要逼死人的，刘三旺是她丈夫，岂有不帮着隐瞒的道理！

堂上群情激奋，知县也就顺势先给那可恶的刘三旺老婆上了一顿夹板刑，把脚骨夹得鲜血淋漓，刘三旺老婆号得杀猪一般，却仍说不知邱乙大老婆死活，更别说尸身了。

刘三旺和刘三旺老婆先被押进牢里，他们的儿子被送去了亲戚家寄住。第二天，衙门遣人去刘三旺家翻了个底朝天，一丝人影也没有找到。邱乙大懊悔自己说了重话，又急又恼，连着三天日日来大堂哭闹，非要先砍了刘三旺老婆的脑袋，把浮梁知县闹得头风都发作了。

今日可巧隔壁县来了公文，说那边有桩命案，有个女尸是什么什么形貌，乃是麻绳勒死的，知县一看描述，可不就是邱乙大老婆！怎的到了婺源县？

虽然一团乱麻，但尸体应该没错，知县先派人带了邱乙大急忙赶去婺源认领，那邱乙大当场号啕大哭，正是自己老婆啊，怎么死了还跑了这么远？他本身就是个莽汉，这几天又昏昏沉沉的，此时也不管人家婺源县衙和他老婆的命案有没有关系，在堂上一顿喊冤大闹，同来的差役好说歹说给劝回去了。

这边的浮梁知县捋清了案情后判定这个邱乙大老婆确实是当天出了门，也确实是被勒死了，尸体运回来后县衙的仵作细细查验了勒痕，回禀说，看那角度应该确系上吊而非被人从后勒死。那尸体是如何到了河边呢？谁人抛尸？难道真的是刘三旺夫妇？可是那二人受了严刑只是哭喊，看起来确实不知情，案件一时陷入僵局。

案子正搁置着，不料县上又出了命案，竟然还是在邱乙大家那条街上！

街尾有个酒铺，开铺子的是一对老夫妇，大伙儿都叫他们王公王婆。这天是王婆来喊冤，说店里的小二杀了自己老头儿，万幸被街坊擒住，如今拴在院子里。

小二被捉拿归案亦是一顿喊冤，说那王公是自己不小心摔倒磕死的，仵作查验了王公的尸体和王家的院子，确实是后脑勺磕在石头上当场死了，只是这人一般摔倒不是向前就是向侧，向后的话，也有可能是被人推的。王婆顿时哭诉起来，说这小二这些天总是和老头儿发生争吵，她也不知吵什么，今天吵着吵着听见老头儿闷叫了一声，出去时已经人事不省了。

听完王婆此言，那个小二顿时急了，大喊大叫起来："你如何不知吵什么！叫我去做了脏事，说好的银子也不给了，当没事人吗？两个老王八！"

　　知县心里一动，问："什么脏事？如若不说夹棍伺候。"尚未拷打，那小二和王婆已吓得半死，争先恐后说了经过。前几日，老头儿和伙计晨起打扫，一开门发现门口躺着个人，本以为是醉汉，上前一看吓得魂飞魄散，竟然是个女尸，老头儿担心报官会惹上无谓的麻烦影响生意，看四邻都还没起来，命令小二和他一起拖到街外面的河边丢了去，小二当时不肯，王公急得许给他一两银子，这才急忙把尸体拖去了河边。

　　谁知道回来之后，这老头儿跟无事发生一般，一两银子也不提了，这几日邱乙大找老婆闹得四邻皆知，小二心知那女尸必定就是邱乙大老婆，以此要挟王公，谁想争吵起来，那王公还想打他，他气不过推了一把，居然摔死了。

　　知县仔细盘问："那尸体是不是吊死在你家酒铺门口？"小二大叫："出去便见那尸体在地上！我家酒铺门口梁高，哪里系得住绳索？！"

　　此话一出，知县心中一亮，对，房梁，马上派人去那条街沿街查看各家房梁，果然，在刘三旺家紧挨着的铁匠铺门口的房梁上寻得一处痕迹。别的地方都是积年的尘土，只这一小块地方像是被绳子摩擦过一样。据街坊说，那家铁匠铺好几日不见人影了。差役进去一看，原来铁匠病了，说是前几天感染了风寒。

铁匠被带上堂，一看见邱乙大、王婆、小二和一堆街坊都在，知县还没说话，他扑通跪下说了实情。那邱乙大老婆当晚确实是吊死在了铁匠铺门口，想是夜里黑本就看不清，她满心委屈冤枉去寻死，也没有仔细看，以为就是隔壁刘三旺家，铁匠半夜起来出门尿尿，差点儿没吓死过去，不知怎么想的，铁匠把尸体抱下来小跑几步随手就扔在街上，恰巧就是王公的酒铺门前。

回了家，铁匠吓得冷汗直流，哆哆嗦嗦把那截儿上吊绳剪下来烧了，自己也倒头病了好几日。

如今真相大白，只因为两个孩童玩闹，一文钱的纠葛，就惹出这好几桩人命案，真叫人又悲又气又叹。只是浮梁县这边案子结了，婺源县那边的知县心里仍是有个疙瘩，朱常在这时已经被判了斩，那个赵完趾高气扬，知县却总疑心赵完家当时那两个死人的来历和死因，只苦于没有眉目，只能结案。

要不说不是不报，时候未到，事情已经过去约莫一年了，赵完家的贴身家仆、赵完平日里称作干孙子的赵一郎来衙门报案，说自己知道赵完的杀人案子。

果然如知县心中疑惑的那样，那两个老年死者确实不是朱常带人打死的。当日赵完在家听人来报，说自己家人在河边打死了朱常家的一个妇人，此时正要来家里寻仇，赵完急忙和儿子商量。那赵完虽然是个恶霸，他儿子却可称得上是个活畜生，当时就出了一条毒计，可一举把朱常打压死。

赵完儿子心毒手黑，想好了"计策"即刻动手，叫来家里一个行动不便的老仆，趁其不防一棍子便打死了。不想此时有个老仆妇进来报事，正撞上他行凶，一不做二不休，这畜生把老妇人也打死了，两具尸体就摆在门口，叫赵一郎和自己一起把门板卸下来虚靠着门框，那朱常带人气势汹汹打杀进来，门板一推就倒，后面的人没提防，一群人一拥而进，他们趁乱大喊打死人了，这才闹出后面的事。

要说这赵一郎如何能突然良心发现来报案呢？说来可笑，竟然与浮梁县那个小二如出一辙。事发时，赵完父子允诺给他一笔安家买宅院的大钱，结果到如今一年多了，提也不提，他前几天向赵完提起，赵完只说这几天便给，谁想他今天意外撞见赵完去药铺，家里并没有病人，他心里起疑，随后去药铺打探，那药铺知道他是赵家心腹也不遮拦，说赵完派人来买了些砒霜，家中要杀耗子。

　　赵一郎心知这是赵家父子对自己起了杀心，惊怒交加，这才来报案。这人也不愧是赵完的干孙子，竟然还藏着当时杀人的那根木棒，其上血迹虽污，仍触目惊心。

　　可恨这种丧尽天良的劣绅，视人命如草芥，最终还是栽在了"自己人"手上。

本回故事：冯梦龙《醒世恒言》之《一文钱小隙造奇冤》

本回插图：明代冯梦龙编撰，可一居士评，《醒世恒言》明末金阊叶敬池刊本

第六回
鬼告人

李半仙神机妙算
包龙图阴司赴宴

这奉符县有个出名的卦摊，算卦先生姓李，人称阴阳明断李半仙，只是性子比较古怪，他算卦不看钱多钱少，只看他当时当日的心思。

诗句藏谜谁解明，包公一断鬼神惊。
寄声暗室亏心者，莫道天公鉴不清。

　　说起古代案件，绝绕不过一个人物，那就是包拯，包青天的形象可以说是家喻户晓，甚至"包青天"已经不是一个特指的人，而是一个整体的形象，是百姓对公正的完美寄托。这一回要说的案子就是包青天的故事，来自《警世通言》。这里面有很多冤魂现身的情节，其实以包龙图的能耐，依靠自己也能断得此案，所以咱们把这个故事重新捋一捋，以一种新的方式来讲述。

　　冯梦龙编撰的《警世通言》，很多朋友都熟悉，《喻世明言》《警世通言》《醒世恒言》合称"三言"，咱们后面也会讲到不少这些作品中的故事，所以得先把原著好好说一说。

可能有人注意到了，为什么不说是冯梦龙所著，而说冯梦龙编撰呢？因为这三部作品里有很多故事的原型其实来自宋元时期，要么是流传很广的民间传说，要么本就有个话本作品——咱们总说话本话本的，什么叫"话本"？其实就是字面意思，说话的底本。宋代开始流行说书艺术，说书人总不能上来给大伙儿现编吧？当然也有这个可能，但是绝大多数说书艺人都有个底本，这就是各种话本小说，基本上是宋元时期的民间故事，所以一说到话本，往往也会顺嘴称为"宋元话本"。

虽然大多是来自前人的话本，但你要说冯梦龙只能算个文学裁缝，可就大错特错。因为除去大量的收集整理工作，他个人对这些传说故事的再加工也是非常重要的，正因为他以自己的创作能力对这些散落的片段进行了丰富和改编，才让很多故事真正获得了艺术灵魂。

《警世通言》这部书成于整个"三言"系列的中间，它的艺术价值很高，它在整个系列里也堪称中流砥柱，别的先不说，光是《白娘子永镇雷峰塔》《杜十娘怒沉百宝箱》这两篇，就够在整个古代话本小说界获得两个金奖了。但是咱们这一回不提那两位的事了，而要说另一个家喻户晓的人物。

宋朝兖州府奉符县，也就是今天的山东泰安，这一年迎来了一个新任知县，名叫包拯。

这是包拯仕途上的第一站（据查历史上的包拯履历，并没有这一站），小小的奉符县，算得上是个安居乐业的好地方，包拯上任后也无非是解决解决民间纠纷、安排安排朝廷公差，直到有一日，大堂书案上出现一张状纸。

"一年前，老押司横死，新押司得势，前人耕来后人饵，三更有冤，苦等青天。"没头没尾几行字，孤孤零零一张纸，当天包拯刚上堂，就这么在案几上摆着，他以为是哪个衙役早起收来的状纸，问了一圈，并无一人应答，纷纷说不知。包拯仔细看了看这几行话，心里一动，搁下不提。

知县公案上莫名其妙出现状纸，也无苦主也无案情，倒跟打哑谜似的，包拯心知其中必定有不可声张的隐情，回了后堂举着那张纸冥思苦想。"老押司横死，新押司得势"，这分明说的就是衙门里的事情。押司是衙门里的文吏，县里共有好几个，包拯上任不久，并没有完全掌握他们的情况，但知道此事不可大张旗鼓，便想了个借口，叫人把衙门所有差吏的在职册子拿来。

册子送来，包拯立即翻查押司名录，几个人都是当了数年押司的，唯独其中算是押司小头领的那个，是去年才升上来的，姓孙，再往前翻，这个主押司的位子上的前一位也是姓孙，亡故了。

也就是说，一年前，老孙押司亡故，新上来的押司，也姓孙，这可不就是状纸上说的事？但只为了区区升任一个小头目，竟至于杀人害命吗？想必还有隐情。包拯心思一转，已有了打算。当天安排衙门里各个差役班子来叙谈，表示要和大家多亲近亲近，各差吏无不欣然。

与几位押司叙谈时，包拯不经意提起自己偶然看到册子上写着前任大押司与现任都姓孙，笑称这也真是巧合，不想那小孙押司当时就落下泪来，其他几个押司马上也神情低落，唉声叹气，还连连劝慰小孙押司。包拯大为意外，赶紧细问何故，才知道这前任的大孙押司死得非常蹊跷。

说起大孙押司之死，必须先介绍李半仙。这奉符县有个出名的卦摊，算卦先生姓李，人称阴阳明断李半仙，只是性子比较古怪，他算卦不看钱多钱少，只看他当时当日的心思。他若看你顺眼，不要钱也要给你指点风水；他要是心情不好看你不顺眼，拿块金子送给他也没有一句好话。

但算卦占卜这等事，只有家门有求时才会去，寻常百姓谁会无故去卦摊找人谈天说地。偏偏那个大孙押司，就是个喜欢无故爱找点儿不痛快的人。

一年多前，某日，李先生的卦摊前正围着一群人在听他给一位主顾解卦，大孙押司闲逛到此，也混在人群中听了一会儿，听就听吧，他这个人平时就有点儿酸腐尖刻，此时竟然冷哼连连，动静大得谁都听得出他不屑一顾。李先生顿时拉下脸来，问他何意，大孙押司不以为然，直接说如此乱扯纯属蒙骗百姓，你若真有道行，你算算我什么时候死。

算命这种事，哪有拿着生死簿的？这分明就是抬杠找碴儿，李先生顿时大怒，铁青着一张脸说，当然算得出，我看你今夜三更必死。

这话一出口，众人都知这是李先生的气话，纷纷劝和，推着大孙押司让他快走，那大孙押司非是不肯，还尖声叫起板来："我今夜如若不死，你这卦摊再不摆了可好？可敢跟我赌吗？"李先生也气急了，霍地站起来指着自己的卦摊冷笑一声："你若活得到明日，亲自前来砸了便是。"

这架吵得动静不小，不一会儿半个奉符都知道了，大家都说这大孙押司无礼，但李先生说得也太绝了，难道真看出来大孙押司的死期了？有那曾找李先生算过失物的人振振有词："李先生半仙之体，岂能胡说？我看那押司是死期到了，他如果不问还好，稀里糊涂死就死了，如今知道了，你看他怎么过这几个时辰。"

虽说是争吵，但好好的一个人，让算命的指着鼻子说今夜三更必死，也实在是很难不往心里去。何况不一会儿，风言风语传得到处都是，大孙押司听很多人都说李先生从不错卦，不由得也又恼又慌，从衙门告了假，心烦意乱地回家去了。

回家当晚，三更时分，这大孙押司，就投河自尽了。满城骇然！

据说那大孙押司似乎是中了邪，回家之后闷闷不乐，家人也不好太过劝解，怕惹他迁怒，想着哪有那么巧的事，好好一个人，半夜说死就死了？除非是天雷下来劈到床上。但半夜三更时分，左邻右舍都听见大孙押司的老婆和他家的小丫鬟大呼救人，不一时三家五院的都举着灯火出来，沿着呼声直往巷子背身处跑，那边是河岸，声音自河岸边传来。等得大伙儿都到了，哪里还有大孙押司的人影，只剩下大孙老婆和丫鬟扑倒在河边哭号不止。

大孙老婆和丫鬟当晚并没有回房去睡，虽然心知李先生素来脾气古怪，这句"三更必死"分明是和大孙押司赌气的话，但毕竟是半仙，万一有什么闪失呢？大孙老婆晚饭时分特意叫大孙喝了几杯，伺候他早早睡下，她自己和丫鬟在厢房弄些小酒小菜打算守过三更再去睡觉，谁知道两个人不知不觉睡着了。半夜突然听见院门咣当作响，大孙老婆惊醒跑出去一看：大孙押司只穿着贴身的里衫一路向河边狂奔而去。大孙老婆惊惧不已，连忙回头叫醒了丫鬟，等俩人追到河边，远远地只看见一团白影跃入河中，哪里还来得及阻拦？

这条河再往下就直入黄河，水流湍急，别说水性不佳的大孙押司了，就是个浪里白条在这夜色茫茫中跳进去也未必能活，大伙儿把大孙老婆劝回家，等到第二天一早大伙儿再去翻找，只在河边捡回一只大孙押司的鞋子。

大孙押司半夜发狂投河自尽的消息传遍全城，李半仙的名声里更添了几分令人敬畏的仙气，谁知道他反而不许人再提此事，还停了卦摊，众人传说这恐怕是泄露了天机，半仙自己也受了损。

　　小孙押司和大孙押司从前就是胜似手足的好友，时常去大孙押司家走动，如入自己家门，大孙押司虽然尸身都找不到了，但丧事还是得办，都是小孙押司一手操持，邻里无不称道。

　　讲罢这些往事，包拯也喟叹唏嘘不已，此时座中有一差役调笑气氛："大孙如今九泉之下也可安心了，小孙已承了他的衣钵，连妻室都承了过去，做了他入赘的后任了！"众人也善意嬉笑，生怕太过沉痛。包拯好奇追问，才知道小孙押司和大孙押司家本来就亲如一家，大孙押司死后，家里只剩寡妇和一个小丫鬟，小孙押司走动得更勤快，里里外外帮忙料理操持。这小孙押司本就是一孤儿，邻里间的热心人看在眼里便热心撮合，大孙押司死后半年多，小孙押司便入赘进门，孙家连姓氏都无须调换，又有了顶梁柱。

　　包拯轻轻点头，盛赞小孙押司有情有义，小孙押司眼眶通红，仍在悲伤。

　　这一番谈话后，包拯心里已经明白那张状纸的意思了，大孙押司之死，小孙押司大有嫌疑，而此事必定是有知情人，苦于没有实证，只能含糊其词。但整件事情中直接相关的只有三个人：大孙押司、小孙押司、大孙老婆，这还能有谁知情？包拯苦思冥想，突然想起那个被他忽略的人：小丫鬟！

假借好奇聊天，包拯向旁人问起小孙押司一家如今过得可好，那大孙老婆和小丫鬟目睹大孙押司跳河，想来也是受了很大的刺激。结果得知小丫鬟在大孙押司跳河后不久，就被大孙老婆许配出去了，如今换了两个男性老仆在家里帮活。包拯心里一动，为免打草惊蛇，找了个由头派了小孙押司去州府送一趟公文，这一趟往返需得五六日，足够他查出个眉目了。

遣走小孙押司，包拯立即将前两天当差的差役悉数叫到大堂上，举着那张状纸厉声喝问，到底是谁在当值时将这状子放在案几上的，如不实话实说，这几个人全部辞去。当时一个姓刘的衙役扑通就跪下了，磕头如捣蒜，求知县开恩，自己也是为了保命，不得不做此事。

这是从何说起？难道还受了什么人的胁迫了？追问之下才得知，这刘衙役前几天路过李先生的卦摊，没想到被李先生叫住，说他印堂间已有征兆，恐有一场大祸。李先生的神通谁人不知？这句话吓得刘衙役当时就要下跪，那李先生给了他这张纸，叫他第二天趁堂上无人时放在案几上，此后必有亡魂帮他破灾。他看这纸上的字明显是说衙门里的押司，吓坏了，没想到刚要追问一下，被李先生喝止，劝他不要惹祸上身，不可对旁人吐露一字。刘衙役说完，包拯心中的疑惑更多了，看来这个李先生，确实有些神通，必须亲自一探。

包拯换了便服，只带了贴身的一个差人去了卦摊，开门见山地说了身份来意，那李先生仰天长叹，带着包拯去了自己家详谈。

原来当日的所谓"三更必死"确实是李先生的气话，他本来就是个洒脱不羁的人，说些气话也不当回事，没想到第二天得知大孙押司真的死了，而且竟然还是突然受惊中邪，从梦中起身投河而死，这让他大为震惊。此事成了他心中的一个疙瘩，所谓神鬼之事，无非是人心作祟，他岂能不知其中关窍？思来想去，只有一个解释：有人借他的卦做刀，杀了大孙押司。只是这押司是如何跳的河，他却没有头绪。前些日子有个叫王兴的泼皮来他这里求卦，想问问自己何时能发财，当时这王兴吹捧他，说自己老婆之前在大孙押司家做丫鬟，那大孙押司被说了"三更必死"后吓得要命，喝了蒙汗药睡的觉，居然半夜三更还能去投河，可见先生通神啊！

蒙汗药？李先生心里大惊，不动声色地引那王兴细说了一番。原来那天大孙老婆担心丈夫夜里惊怕，吩咐小丫鬟去药房买了些蒙汗药回来，说让大孙押司少喝一点儿，睡得沉，睡着了看他还能有什么变故。没想到这蒙汗药下肚的人，竟然也能跳河。

蒙汗药下肚的人，当然不可能跳河，李先生天天在街上，县里的大小事务都收在眼睛耳朵里，想到小孙押司与大孙老婆的结合，他这见惯了世间隐情的人岂能不觉得蹊跷？现在得知蒙汗药的事，更坚定相信大孙押司是被这对狗男女所害，反而扣在卦象上，实在是天理不容，这才想了个招数吓唬了一下衙门里的人，让他帮自己悄悄投状。

"何不自己来投？"包拯好奇。李先生笑道："岂有半仙求官的道理？"包拯哈哈大笑，别过李先生，回到衙门立即叫人把丫鬟带来问话。

丫鬟回想当天事故，确实是大孙老婆叫她买了些蒙汗药，那大孙押司睡得极快，不晓得如何醒来奔走的，因为她也睡着了。"你也睡着了？"包拯细问，丫鬟说她也睡着了，不知道为什么喝了一点点黄酒就极困，还是大孙老婆大喊大叫她才醒来，追出去的时候只能看见远远的一个人影，到了河边就不见了。

说起那天的事，丫鬟显然心有余悸，包拯问她事后家中有何变化吗，丫鬟苦思半天，想起来自第二天起，大孙老婆就不让她再用家中的水井了，开始在外面买水，说看见水井就想起夫君投河，心里难受，托小孙押司找匠人做了石板把水井盖上了。别的也没有什么大事。

见过李先生和丫鬟后，包拯心中已经了然。又过了两日，小孙押司从州府回来交差，包拯突然升堂，正色宣布自己昨夜受判官相邀，去阴司地府赴宴，不想在席间遇上了喊冤的大孙押司，一再求他解救，如今冤情他已从地府得知，需得在阳间了解。

此话一出，小孙押司脸色大变，一时间支支吾吾竟然不知做何应对。包拯立即带了衙役件作一干人等杀向孙家，进了院子直奔那口被石板修盖起来的水井，众人齐心合力打开井口，派了人下井查看。不一时，大孙押司的尸身缓缓升上来，冤大如天，竟然尸身不腐，脖颈上赫然还勒着麻绳。

原来这小孙押司和大孙老婆早有奸情，苦于没有机会除掉大孙，当天得知李先生的话后，二人立即觉得机不可失，小孙押司假借安慰之名来到家中，与大孙老婆迅速商量好了计划，大孙老婆给大孙喂下蒙汗药，为防万一，还给小丫鬟也下了一丁点儿，好让丫鬟也睡得沉一些，小孙押司在三更前来到家中，勒死大孙扔进水井，随后披上一件大孙的内衫，拎了一只大孙的鞋子跑去河边，大孙老婆看好距离后开始演戏，叫醒昏昏沉沉的丫鬟，好叫她做个见证。那小孙押司在河边把内衫包在一块大石头上丢进河里，随后便潜在一旁，趁着大孙老婆和丫鬟回身叫人的当口，借着水草遮掩溜走了。

天衣无缝，实在是天衣无缝！满城都传李先生神通，无人有疑。只是这二人心中有鬼，始终觉得丫鬟是个眼中钉，终于找了个无赖把她嫁出去了，没想到，反倒是这个无赖，帮助包拯掀开了这个井盖。

虽然是假借托梦，但包拯断案的雷霆手段可见一斑，加上李先生的添油加醋，从此包青天"日间断人，夜间断鬼"的名声传遍四方。

本回故事：冯梦龙《警世通言》之《三现身包龙图断冤》

第七回
假尸案

恶船家计赚假尸银
狠仆人误投真命状

王生直唬得肝胆震动：这不
是傍晚时分自己送给卖姜人
的那块布料？！这竹篮可不
就是卖姜人手里拎着的那
个！这船家何意？卖姜人已
经醒转，还吃喝了半晌；怎
么出去坐上船，还是死了？

湛湛青天不可欺，未曾举意已先知。
善恶到头终有报，只争来早与来迟。

　　这个故事取材自《初刻拍案惊奇》，咱们这书名《今夜拍案惊奇》就是打这儿来的。

　　说起"三言二拍"，哪怕你一篇原文也没读过，这四个字总归是不陌生的。几百年来，从说书唱戏到民间文学创作，无数作品都直接或者间接受到"三言二拍"的影响，但是我前段时间才知道，原来有些人一直以为"三言二拍"的作者都是冯梦龙，这可大谬特谬了。《喻世明言》《警世通言》《醒世恒言》这"三言"是冯梦龙编撰的，《初刻拍案惊奇》《二刻拍案惊奇》这"二拍"是凌濛初编著的。

　　凌濛初和冯梦龙是同时代的人，不仅身处的年代相同，代表作品齐名，连生平都非常相似：二人的科举仕途之路都非常坎坷，冯梦龙年纪轻轻就中了秀才，结果人到中年还考不中举人；凌濛初六十岁去参加乡试依然失败。两个人都生活在崇祯年间，崇祯就是那个吊死在歪脖树上的亡国之君。他们两人身在乱世，却有一腔报国之志。这两位文学家的结局也都令人唏嘘，冯梦龙晚年奔走于反清复明运动中，忧愤而死；凌濛初更悲壮，直接死于明末农民起义战斗中。可叹王朝更迭，江河万古，所幸优秀的作品百世不朽。好，说回咱们的故事，记住了，它来自凌濛初所著的《初刻拍案惊奇》。

这事发生在明成化年间，浙江温州府有个永嘉县，永嘉县的县衙这天来了个击鼓鸣冤的，知县吩咐叫上堂来，那人上堂便扑通跪倒连连磕头，满嘴说着求大老爷恕罪。

知县好生奇怪："你这人，明明在外面敲了鸣冤鼓，上堂来又说请恕罪，你到底是有冤还是有罪？不必惊慌，细细说来。"那人哆哆嗦嗦直起身子，又啰里啰唆告了一遍罪，这才开始自报家门。原来此人叫作胡阿虎，在城西一个叫王生的人家做下人，已经在王家做工近十年了，今天来衙门击鼓，实在是心中有桩事煎熬已久，如不报官恐怕自己下半辈子都良心难安，但以仆告主乃是大忌，故而告罪。

　　既然是以仆告主，知县心想十有八九又是个恶主欺奴的琐事，这等事一般下人都忍了气，除非是主家太过歹毒，不然官家一向是不管的，且听听他这主人王生有何恶行吧，遂探身相问："以仆告主，本就有过，我看你也知道这一关节，仍要来告的话，你且说说你家主人是如何欺压你的？"

　　胡阿虎定定地看着知县："大人，小的并非为自己告状，主家对小的尚可，小的不敢有违本分，但人命关天，善恶有报，小人怕遭报应损阴德，这才来报官，大人明鉴，我家主人，他杀了人呀！"

　　这话一出，别说知县了，两边的衙役都禁不住吸了口冷气，永嘉县里这些年来虽说也时有殴斗伤人事件，但杀人命案可数不出几桩，这胡阿虎看起来也不像是信口诬告，他家主人是什么人？竟然敢打死人！

　　知县也正色起来，让那胡阿虎仔细回话。原来这胡阿虎所说的命案，已经过去一年多了，当时有个他乡的游商来这边做买卖，沿街兜售山姜。到了他家门前时，正好家里的一个小奴出来，看见了便打算随手买几块姜，卖姜人与小奴讨价还价，两人都有些啰唆，纠缠间不免声音越来越大，还引出几位邻居打探，以为门前出了什么事。这本是再正常不过的事情，谁知那天正遇上他家主人王生从外面回来，王生那天喝了些酒，看见自家小奴与人吵嚷，也不问清缘由就借着醉意与卖姜人争吵起来，三言两语过后竟然抬手就打，不想那卖姜人不知是本身就有些隐疾还是王生下手忒狠了些，竟给打得当场昏厥过去，这一节街坊四邻都可做证，当时吵嚷得门口围了好些看客，都眼看着卖姜人被王生几拳打翻在地。

卖姜人被王生以抢救之名抬回家，但街坊们却不知这卖姜人其实已经死掉了。王生趁着夜色叫胡阿虎与他将尸体抬去了河边草草埋了。第二天有人问起，只说是昨天已经救活，送走了。那卖姜人本就是外地游商，自然无人追究，自己这一年多来饱受煎熬，明知主人杀人却隐瞒不报，实在有违天理，这才壮起胆子来告。

如若胡阿虎所言不虚，那这等大案岂可不查？但这个知县是个谨慎行事的人，怕声张起来打草惊蛇，先派了几个得力的衙役领着胡阿虎去河边找埋尸之处，叮嘱他们低调行事，先不要传出口风。不一时差人们回来，个个面如土色，说果然挖出来一具尸体，看腐败程度，也确实有个一年半载了。

恶奴家計聽

假屍銀

知县急忙叫仵作去验尸，吩咐一定要细细查验，另一边嘱咐胡阿虎自行回去，先不要惊动王生。

第二天仵作回报，那尸身已然腐败不堪，死去应有一年半左右了，具体死因不敢妄下定论。知县这才正式派衙役去王生家，领那王生来见官。半天的工夫过去了，迟迟不见衙役回来，知县正在恼火时，只见衙役一行人押着一个清瘦的男子上了大堂，想必正是那个王生。知县一看之下心中一惊，这个王生面容憔悴，眼眶乌黑，再看那打扮，竟然浑身缟素，一望即知正在丧中。

王生神情恍惚，讷讷无言，看起来茫然不知为何被带来县衙。知县只能先问衙役。衙役回禀说到了王家一看，家中正在办丧事，这王生的独女前些天患病暴亡，一家人悲痛不已，看着实在可怜，这才拖拉了半日才把他带回来。

就算有这桩大变故，也得就事论事，但知县怜其中年丧女，审问时语气缓和了许多，也并未说出是下人胡阿虎来告，只问王生："你一年多前曾伤人性命，后来将尸体埋在河边，是否确有其事？"

王生闻言大惊失色，顿时瘫软在地，嗫嚅了半天才抬头发问："不知是家中下人胡阿虎来告，还是那船家来告？"

"船家？什么船家？"知县立刻明白了那胡阿虎并未将实情和盘托出，喝令王生将事情据实以告，不然可顾不得他身在丧中也要大刑伺候了。王生磕头如捣蒜，涕泪长流，边哭边陈告了前情，果然与胡阿虎所说的大有出入。

当日确实是王生酒后回家，在家门口看见小奴与卖姜人纠缠，上前仗着酒劲撕扯了几回，没想到那卖姜人突然倒地不起面色煞白，四邻都吓得惊呼："莫不是有什么重病在身，怎的就死掉了！"王生吓得酒全醒了，着人抬回家中又是抚胸顺气又是用冷水擦身，忙乎了一通，那卖姜人悠悠转醒，原来确实是有些旧疾，加上当天疲累过度，争吵间一激动竟然昏死过去了。

这死去活来的一趟，可把王生吓得三魂七魄都颠倒了位置，赶紧置酒摆饭给卖姜人赔不是，对自己酒后无状一再告罪，反弄得卖姜人都不好意思了，盛情之下只得在王家吃饭闲谈，堪堪天色都暗了下来，这才起身告辞，称要搭船回家去了。王生心中仍是过意不去，从内室取了一块上好的布料出来，直言因自己之失害得老哥今日生意都没做成，还差点儿出了大事，这块布料权当补偿。卖姜人几番推辞不下，只好收了，再三致谢告辞。正所谓不打不相识，两人还约定以后卖姜人再来本地，一定登门小叙。

谁知天有不测风云，当天夜里已经到了熄灯时分，下人胡阿虎去关门，却正有人来敲门，自称是河边的船家，有天大的事来见主家。

胡阿虎领着那船家见了王生，王生在灯下一看那人手里拎着一个竹篮，很是眼熟，似乎刚刚见过的样子，正疑惑间只听那船家说，今天要搭船的一位客商竟然死在船上了，死前嘱托自己来找王生，说这条命终归是丧在那几拳头上了。说着话，那船家从篮子里掏出一块布料，王生直唬得肝胆震动：这不是傍晚时分自己送给卖姜人的那块布料？！这竹篮可不就是卖姜人手里拎着的那个！这船家何意？卖姜人已经醒转，还吃喝了半晌，怎么出去坐上船，还是死了？

那船家说卖姜人登船后不久就直喊心口疼，他去照看时卖姜人说自己有旧疾，不想今天在城西王员外家受了一通殴打，虽然当时缓过来了，但此时却又心痛难忍，不一时竟然死掉了。船家吓坏了，这黑天夜里也无法报官，只能先拎着卖姜人的东西来找王生要个说法，这尸体还在岸上扔着呢，这可怎么办？

王生一时魂儿都丢了，哪里还知道怎么办？一想到自己打死了人，半截儿身子都凉了，倒是下人胡阿虎还算机敏大胆，拖着他到一边，说这船家看来也就是想要点儿银子，老爷不如给他些银两让他把那尸身埋了就算了，一个外乡的游商，谁能知道此事？况且他晚间从咱家好好地出去，想必邻里们也有人会遇见吧，总不至于赖到咱们头上。

随后这王生就依了胡阿虎的计策，给了船家一些银两，又叫胡阿虎随着去岸边趁天黑把卖姜人的尸体挖了坑埋了去。此后数日看邻里们并无人有疑，这才一日日心里踏实下来。但要是说今日有人拿此事来告，那除了胡阿虎就是船家，这二人实在狠毒，自从替自己埋了这具尸体后，隔三岔五来以请安之名行勒索之事，自己家境只能算是小安，这一年多来，被这二人勒索得几乎要变卖祖产了。

其中更为可恨的是那胡阿虎，本是自家的下人，自从此事发生后，倒比个主子更滋润，每日里家中活计一概不碰，对其他下人也吆五喝六，王生心中恼恨，却也不敢激怒他。但前些日子自己爱女生了水痘，叫胡阿虎去乡下请一位名医，谁知他竟然在外面吃酒宿醉，耽搁了三两日，直把女儿活活拖死了！王生这才新仇旧恨一并发作，狠狠打了他一顿，这两天也不见他的踪影，想必是他来报官？

听完这王生的回禀，知县心中明了：那胡阿虎因受了责打，这才恼羞成怒来揭发主子，但他将船家一事隐去不提，就是想把整件事全赖在王生一个人头上，王生错手杀人又买人埋尸固然有罪，但这恶奴所作所为却更为可恨。立即派人去把那胡阿虎和船家一并带来对证。

胡阿虎倒是一转眼的工夫就被带到了，他就在家附近美滋滋等着官府将王生下大狱呢，官差找见他说需得去衙门里画个证人押，他不疑有他，高高兴兴就跟着来了。倒是那个船家，让衙门里的人好找了一番。原来他不做船家一年了，在城里开了间小铺面，如今倒人模狗样成了掌柜，想来这本金里有不少都是从王生那里勒索来的。

胡阿虎和船家一上大堂，看见跪在地上的王生，两个人脸色一变，知县看在眼里，心中对王生所言更信了几分。问起那具尸体，二人所述与王生几无二样。知县勃然大怒，问那船家有人死在船上为何不报官府反而去勒索他人，那船家哭号，说自己本不是去勒索，谁知王生急于摆脱此事拿出一堆钱来，自己撑船养家几十年了，哪里见过这许多钱？心想人死不能复生，王生也不是存心要打死人的，一时糊涂就犯下大错。

虽然王生错手杀人并非本身就有歹意，但毕竟人命关天，何况知情后居然花钱埋尸，实难宽宥，知县当即判了斩，押进大牢只等上级州府回文。胡阿虎和船家收钱埋尸知情不报，事后还以此勒索，当堂打了几十板子，一并扔进大牢，且去吃上半年的牢饭再说。这两人哭天喊地大呼冤枉，倒是王生，也不知是痛失爱女后心灰意懒，还是终于不再受人勒索了一身轻松，反而一言不发，还叩头谢了知县。

那卖姜人的尸身还未找到苦主，知县派人买了具薄棺木装殓起来，暂时埋在了郊外义冢，又找人详细写了告示，送往周边各个邻县，请各地官衙协同张贴寻人。

转眼过去了一两月，那王生在狱中毫无生气奄奄待毙，家中夫人倒是个刚强女子，变卖了不少家产，四处托人找那卖姜人的家人下落，想寻一个重金保命的路子。

这一天，王夫人正在家中闷坐，突然听得门外小奴大喊有鬼，一时间吵嚷不绝，赶紧起身出门，一抬头骇然失色，果然有鬼！这不是那日的卖姜人吗！怎

恨僕人誤投真命州

么青天白日的还魂来了？可是来索命的？王夫人号啕起来："我夫君已然判了斩，大哥你何苦还来逼迫！"

卖姜人赶紧上前作揖："夫人，我不是鬼呀！这是出了什么事？我从外省回到家乡，怎么看见城里有告示，仔细一看，那上面所述的事情正是我在此地与王员外的旧事，但怎的说我死了？还四处找我家人？我虽不明就里，但想来王员外因此受了大苦，我心中岂能安宁？今天赶紧来看看是出了什么事！"

王夫人惊疑万分，赶紧把事情经过与卖姜人说了一遍，说完之后，卖姜人捶胸顿足又悔又恨，直呼那船家狗贼！竟然做出这等丧天良的事来。

原来，当天这卖姜人确实上了船，闲坐无事掏出那块布料摩挲，船家上来搭话，两人便闲聊起来，卖姜人将当日在城里所遇之事说给船家，船家也直呼万幸没有受伤，后来想买他那块布，他心想卖了也好，这好料子自己家也舍不得用，就卖给了他，船家倒是大方，还连他当天没卖完的一竹篮的姜都一并买了。只是后来那船家突然想起家中有事，今天不能撑船载客了，将他交托给了另一船，他也没起疑心，谁知这狗贼竟然是买了自己的东西去讹诈王员外。

王夫人听到此处已经泣不成声，可怜我夫君受此大难，卖姜人也难过至极，本来他常来此地做买卖，没想到造化弄人，当日回去之后不久就得了同乡的邀约，一起去外省做工，一走就是一年多，前日一回乡才知道自己无心之举竟差点儿要了王员外的性命。

两人一路号哭奔去县衙，把那大鼓敲得山响，知县急忙升堂，听完卖姜人所述，惊疑交加，如果是真的，那么那具尸体又是谁？如是假的，这就是王夫人重金买人来做戏，这也是杀头的罪过啊。

卖姜人磕头禀报，说当天在船上等开船间，他曾见到河边漂着一具浮尸，心里觉得可怜，还与船家一起叹息了几句，想必就是那具无名尸体被那船家假称成他了。

前面说过这知县是个细致严谨的人，听完卖姜人的话并不急于判定，指派了几个衙役分别去找人来对证，一拨人去带几个王生的街坊来，一拨人去带几个常年撑船的船家来。两拨人带到，那几个街坊里有人先惊叫了起来："这不是那个遭打死的卖姜客？咦！当日还是我帮忙扶进院子里的，怎的还魂了！"再细问几个船家，一年多前可有人在河边见过浮尸？有一个想起来的，回禀说确实有一个，这些年偶尔会有浮尸漂来，大伙儿皆报了官，只是一年多前有次天快黑了隐约见有尸体，还想着明日再去报官处理，不想第二天就不见了，想着有其他人已经报过了，也未曾放在心上。

知县叫仵作去郊外义冢将那具尸身重新查验，一定要细！仵作听完衙役讲述心中已经有数，不多时就回来禀报，上次只查验了尸身，这次仔细看了手指发根，甲缝与发根间夹杂有河沙，此人乃是溺水而亡。

如此真相大白，胡阿虎与船家被带上大堂，上来就先看见卖姜人，卖姜人怒不可遏，冲着船家大吼："买了我的竹篮布料去行凶，你过得可还安逸吗？"船家冷不防被这么一问，当时脸色蜡黄。知县也不提浮尸的事，喝令衙役大刑伺候，只说这船家为了讹诈，自己杀了人，把那船家吓得屁滚尿流，满嘴大喊大叫全都招了，确实是河中浮尸，他冒险去诈一下王生，没想到一举得手。

事已至此，船家和胡阿虎在公堂之上开始互相攀扯，恶狗相撕，那胡阿虎说自己冤枉，主人叫去埋尸他便去埋尸，哪知是这船家的奸计；船家大呼无耻，明明那尸体泡得发白，你也是认得卖姜客的，你偏偏假装不知，就是为了日后拿捏你主家……知县越听越恼，自己错判王生，差点儿让这两个畜生毁了清官之名，大喝上重刑，衙役们也都心头恼怒，这些日子都觉得那王生哀哀可怜，就算是失手杀人也叫人心生恻隐，今日得知真相岂有不光火的？全都下了死力气抡板子，竟将船家和胡阿虎活活打死在了堂前。

沉冤得雪，王生回到家中，与夫人和卖姜人相顾垂泪。王生本是个读书人，自忖爱女夭亡也是上天惩罚自己一念之差竟然想掩盖命案，虽然今日知道是含冤，却也并不愤恨，重重感激了卖姜人闻讯而来的义举，与之结下了金兰之盟。

本回故事：凌濛初《初刻拍案惊奇》之《恶船家计赚假尸银，狠仆人误投真命状》

本回插图：凌濛初编撰，《拍案惊奇》清初消闲居刊本

第八回
掘坟案

死囚犯挖空百座孤坟
老产婆揭开惊天丑闻

官差们费力挖开一看，却是个男尸，免不了暴打涂如松一顿。他受不住打，赶紧说记错了记错了，又去指认另一个，官差们又奋力挖坟，结果还是个男尸……

好色风流，不是冤家不聚头。
只为淫人妇，难保妻儿否。
嬉戏眼前谋，孽满身后，
报应从头，万恶淫为首，
因此上美色邪淫一笔勾。

　　一段定场诗，引出清朝雍正年间湖北麻城的一桩惊天大案。这"麻城杀妻案"是清朝的一桩著名悬案，本身只是个普通失踪案，却在各方势力的参与下不断生出新的旋涡，直至成为一桩牵连甚广直至震动朝野的大案，其中暴露出的人性之恶、清朝官场腐坏可谓触目惊心。而之所以被称为悬案，是因为这桩讼案在朝廷已经明确结案之后，在不同的相关文本记载中却依然呈现出完全不同的结论。这是一桩在审理过程中一次次制造冤情的案件，在它结束之后，依然有不少人坚持认为这个最终的判决也是一个新的冤情。真相迷雾重重，我们只以其中最主流的一个说法来作为文本依据。

话说，麻城当地有个叫涂如松的人，杀了妻子。杀人当然是大罪，但并非所有的杀人案都能称为大案，鲁莽行凶之人杀了人，砍了头也就是了，这涂如松杀妻，怎么就成了大案了？这案子要细说起来，可真是怪事频频，就先从某一年这个麻城县声势浩大的挖坟行动说起吧。

此次挖坟行动，就是字面意义上的"挖坟"，这麻城县，在几个月的时间里，由县衙官差带头，领着一干乡民力工，足足挖了上百座无主的孤坟，把人家那或腐或朽的尸身曝于荒野，真真是神惊鬼泣，骇人听闻。而指挥他们挖坟的，是一个死囚犯，正是那个杀妻的涂如松。这又是何故呢？整个故事的开端在一年多以前。

一年多以前，涂如松到县衙告状，说自己的妻子离家出走了，他怀疑是遭人拐带。几乎与此同时，有另一拨人来告状，也是寻人，却是涂如松的小舅子杨五荣，说自己姐姐不见了，想必是被姐夫打死藏尸了，求知县老爷派人查访。

两边来找同一个人，一边说怀疑被拐走，另一边说休得胡言，就是被你打死了，怎么会有这么巧又这么乱的事！杨五荣禀报知县，他姐姐与涂如松婚后感情一直不好，时常听家里人说姐姐在夫家遭受虐待，前些天姐姐在娘家多住了几日，再回到涂如松家后就彻底没了消息，昨天自己去涂家想看看姐姐，没想到他们说姐姐从娘家回来当天就消失不见了，这叫什么话！一个大活人，怎么能消失不见？不是被打死还能是什么？如今活不见人死不见尸，这个涂如松还来假惺惺报官，分明就是一招贼喊捉贼掩人耳目之计。

　　知县再问那个涂如松，妻子从娘家回来当天发生了什么？细细说来。听这涂如松回禀，那个杨五荣倒没有乱说。他们夫妻感情确实不和，常年争吵，四邻皆知，但绝无杀妻之意，对妻子再不满意也不可能拿自己的前程性命开玩笑，最不济还有个休妻的路子可走，哪里就至于杀人？当天涂如松从外面回到家，正撞上母亲与妻子争吵，涂如松听得气恼，上前把妻子推搡了两把，又呵斥了几句，就先回房换衣衫去了，等到再出来，就到处没找到妻子的影子，本以为是赌气出了门，追出去却也没有寻到，直到第二天也还是音信全无，这才担心是被拐带前来报官。

　　可怜这个涂如松，明明是担心妻子安危前来报官，结果因为太老实，上来就说我们夫妻不和，瞬间在知县心里成了不打自招的疑点：既然不和，而且妻子也不是第一次离家出走了，为什么以前从不报官，偏这次就来报官？刚好还撞上小舅子来找姐姐，这不就是欲盖弥彰？

既然事情关键是在涂如松妻子这儿，那么不管死活得先找见这个人，一班官差押着涂如松回家去，把他家翻了个底朝天，又掘地三尺，结果一无所获，把涂如松他母亲吓得瘫软在地，哭号不止。

官差查问了四边邻里，问起这两天有没有人在附近见到涂如松妻子，大家都说没有。好端端一个大活人，还能飞天遁地不成？

官差回去禀报了知县，说这个涂如松妻子确实不见了，活人也没找着，死尸也没翻出，很神奇，请大人定夺。大人当然就很火大：这叫什么事，给本官变戏法呢？"来呀，先把这个涂如松给我关起来，我看这厮必有隐瞒。"

涂如松自然是大喊大叫："冤枉啊，我是来报案的呀！怎么莫名其妙成了嫌疑犯？"也没人听，先下了狱再说。

这个知县倒是也不闲着，派了官差们满城打听有没有人看见一个妇人独自出行的？或者有没有人撞见有人藏匿尸体呀？这都是什么问题呀？太吓人了，很快把麻城县搞得阴气逼人。那边涂如松的小舅子也是焦头烂额，发动全族的人到处查访，怀着一线希望找姐姐。

阵仗搞得这么大，总有些线索能出现。有一天，小舅子火急火燎又来了县衙，带着两个人，大喊找见证据了！这个涂如松确实把我姐姐杀了！

知县急忙升堂，一看小舅子带来两个人，其中一个是本地的杨秀才，他本是小舅子的好朋友，最近一直在帮着忙前忙后，另一个就是一个街头闲汉，那闲汉见知县升堂赶紧就咣咣磕头，小舅子和杨秀才你一言我一语说明了经过。

原来涂如松报官的前一天夜间，这闲汉喝了酒乱逛，正逛到涂家后街，看见涂如松抬着一个人费力行走，他还以为涂如松扶着的也是个醉汉，就没多想。偏巧这天杨秀才正四处打听此事，让闲汉听见了，他一想，哎呀，那天涂如松抬着的竟然是尸体呀，赶紧跟杨秀才说了自己所见，于是被拽着来上堂做证。

真是天网恢恢，没有不透风的墙，知县大喜过望，从牢里把涂如松带出来让闲汉指认，闲汉连连点头，声称他自小也是住在这一带的，都是街坊哪里能不认识？那天夜里所见的正是涂如松，知县又问他扶着的"醉汉"模样的人身材如何？闲汉略一描述，旁边的小舅子大声号叫起来："什么醉汉！可不就是我姐姐！想必当时已被他打死了！"

涂如松却是一脸惊骇，看着闲汉连连否决："我并不认识你！我那天也没有扶着什么人出过门！大人明察，这是陷害啊！必定是陷害小人啊！"

这案子拖拖拉拉这么些天毫无进展，好不容易来了一个目击证人，知县岂肯轻易放过——要知道清朝时衙门结案是有时间限制的，规定时间内没有结案的话，知县是要负责任、受影响的。知县能不着急吗？只当是有了重大进展一样，让他赶紧交代埋尸地点。可是就算是有了人证，涂如松也只是大呼冤枉，死不松口，另一边小舅子也怒骂不绝，闹得公堂上乱作一团，知县只能将他又扔回大牢，接着查寻尸体下落。

转眼又过去大半年，这些日子里涂如松家和他妻子家都不曾有一刻闲着，不管是谁杀了他妻子，如今找见尸首是唯一的突破口。涂如松的母亲倾尽家财上下打点，才好歹保住儿子在牢里不至于受苦而死。

两家满城寻尸的事情早已经闹得尽人皆知，终于有一天有人来小舅子杨五荣家报信，说在河滩上发现一具无名尸体，只是看上去都腐败了，不知是不是他家姐姐。杨五荣正在家中与好友杨秀才闲聊，就是那个之前带着闲汉陪杨五荣去县衙的杨秀才，他与杨五荣交情深厚，之前的人证本就是自己碰巧遇到的，结果也没有下文，闹得他也很焦虑，近来和杨五荣走动得更勤了。听说有无名尸体，两人立即召起家丁匆匆赶去，果然河滩上已经围拢了一些看热闹的乡邻。

尸体已经高度腐败，虽围着许多人，但无人敢靠近，小舅子也颇为惊惧，只能先叫人去县衙报官。从县衙到河滩尚有一段路途，一群人左等右等不见有人来，渐渐焦躁，一边等着衙门的人，一边远远观望那具腐尸，那身量胖瘦越看越像姐姐，小舅子不免悲从中来，干脆放声号啕，围观的人无不心感凄惶。

眼看着天上云层浓聚，突地下起了暴雨，围观人群呼啦啦散开了，一行人等不来衙门的人，也只能先往城里暂避，谁知道这暴雨竟然下了两天两夜，等到雨过天晴再跑去河滩上，那尸体被冲得残破不堪，更无法入眼了。

知县大人和衙门口的官差带着仵作终于到了，向小舅子解释了前两日知县大人临时有要务，无法及时赶来。

仵作验完尸骸禀报，说是一具男尸。小舅子和杨秀才纷纷不信，那尸体本已腐败不堪，这两天又被暴雨摧残，怎么一下子就能看出男女了？知县和这个仵作，明明前两天就能来，偏偏拖着不来，来了这么草草一验就下定论，想必是收了涂家的贿赂，想把那个杀人恶贼从轻发落吧！

这么一番吵嚷下来，围观的民众也交头接耳深感有理，这个涂家上下打点也不是一天两天了，听说那涂如松在牢里也不曾吃过什么苦头，如今连这尸体也不认了，那不就是要翻案？一时间群情激愤，大家伙儿围拢起来，竟闹得知县一行人无法脱身。

吵闹归吵闹，这个知县还是颇为清明的，并不与大家摆官架子，虽然大家不认账，但一时之间确实没有其他法子，只能允诺先把这具残尸收殓了，日后再请上级州府派仵作来协同查验。

官府办事哪有那么顺利的？拖拖拉拉眼看着又是小半年转瞬即逝，竟然拖到了知县轮值卸任了。新知县刚一到任，小舅子杨五荣和好友杨秀才这对告状搭档又来衙门喊冤，这次直接连前任知县、师爷和仵作一并告了，告他们受贿行私、验尸作假，要求官府立斩杀人者涂如松，并将此案上呈朝廷，追查前任知县渎职之罪。

按理说民告官如滚钉板，但此次不同，此次告官是由杨秀才出面，他有功名在身，身份不比一般百姓。新知县急于在此地立威扬名，这个案子风言风语传了一年多，早有耳闻，正是个大显官威的好开端，马上风风火火查办起来。

谁都知道"一朝天子一朝臣"，新知县自然带着自己的新仵作，当初那具河滩残尸这就又给挖出来重见天日了，新仵作一顿查验报上来，满堂振奋：果然是个女尸！杨五荣当堂连哭带喊："我可怜的姐姐啊！"杨秀才一边安慰好友一边愤愤大喝要告倒前任狗官。新知县得意扬扬，如今尸骨已经找见，就只需涂如松签字画押了。

涂如松在牢里关了一年多不见天日，早已经形同枯木半死不活，这会子突然被带上堂来让他招供当时是如何杀死妻子的，整个人如同疯魔死不认罪。这个新知县是个酷吏，叫人在火炉里扔了几条铁链，等烧得通红时取出来铺在地上，叫衙役强摁着涂如松跪上去，一时间县衙大堂变作了人间炼狱，那涂如松双腿被烙得森森白骨都露了出来，连一旁的小舅子也不忍细看。

这种酷刑之下还有谁能招架？涂如松终于松口，说当天确实是自己一怒之下打死了妻子，担心被人发现，赶紧拖出去埋到乱坟岗上了。这不对呀，那具尸体是在河滩发现的，和乱坟岗对不上啊，堂上的人都有些迷惑，知县此时急于结案，就说有可能河滩上那具尸体确实不是，但既然他已经招了，咱们再去挖出来就行。

于是衙役们拖着血肉模糊的涂如松去指认埋尸地点。涂如松在城外昏昏沉沉胡乱指了一个坟茔，官差们费力挖开一看，却是个男尸，免不了暴打涂如松一顿。他受不住打，赶紧说记错了记错了，又去指认另一个，官差们又奋力挖坟，结果还是个男尸……

于是就出现了我们在故事开始时说到的"挖坟"怪事，就这么一直找一直挖，麻城县挖了百余座无主荒坟的咄咄怪事不胫而走，直传到总督那里，总督直接下命叫新知县迅速了结此案。上级的命令压下来，这知县也顾不得埋尸地了，想着弄个什么法子先把事情结了算了。

为什么他不直接把河滩上那具尸体的残骸报上去，非得找这个埋尸地点呢？还能为什么，闹到这步田地，连老百姓都开始传了，那具尸体根本不是涂如松妻子的，小舅子和杨秀才状告知县徇私枉法，有一部分没说错，确实有知县徇私枉法，但不是前任知县，而是现任这个酷吏，他和他的仵作都收了小舅子这方的好处，想早早结案了事，没想到卡在尸骨上。

老话说"天不藏奸"，这群人挖了百余座坟，竟然就真的没找见一具尸骸能用来作假的。

与此同时，上面的知府也起疑心了，怎么前任说没有找见尸骨，你来了就说找见了，找见了偏又不装殓了给报来，又在那里没日没夜地挖坟？知府大人一气之下派了另外几个仵作去麻城验尸，一行人回来齐齐上告：大人，河滩那尸骨是男的，并非女尸，而涂如松招认是在酷刑之后，可能这案子另有蹊跷啊。

这边知府正在整理文书准备上报，麻城又迎来一场接天连日的倾盆暴雨，雨后不过两日，那新知县急忙向总督递交卷宗，说涂如松杀妻证据确凿、前任知县及县衙一干人等确有渎职之行，那具尸骨前阵子挖出来重验，确实就是涂如松之妻，之前大概是涂如松慌里慌张没有埋好，被山洪冲到河滩上了，结果近日又赶上暴雨山洪，现在已经冲毁不见。

就这么一份疑点重重的案卷，总督竟然也不疑有他，直接上奏朝廷，要求把涂如松连同前任知县一并处死。

那边的知府也上交了文书，却是递交给了巡抚大人。巡抚和总督本来就一直明争暗斗，仔细查阅后立即给麻城又换了个知县，咱们叫他三号知县吧，巡抚叫三号知县不要管别的，去了就给我详查这个案子。

也许真的是天可怜见，三号知县刚到麻城县，就来了一对母子报官，所说的事情让所有人大惊失色：那涂如松的妻子，竟然还活着！

原来这个老妇人是当地一个产婆，前两天被人紧急叫去一个人家接生，那产妇早产，疼得死去活来，神志不清间大喊"姐姐快来救我啊"，那家人的内室墙上居然开了一个暗门，从里面的暗室中急匆匆跑出来一个女人上前安抚产妇。这个产婆在麻城生活了大半辈子，当地人几乎没有她不认识的，当下几乎吓死过去，从那个暗室中出来的，竟然是大家都以为早就死了的涂如松妻子！

而这家的男主人，却是那位在此案中一直古道热肠奋勇告状的杨秀才。

产婆回家后告诉了儿子此事，又掏出一堆银子来，很显然是杨秀才担心她走漏风声给的封口费。母子二人商量了许久，觉得实在不能做这丧天良的帮凶，这才来告。

三号知县震惊不已，但这个知县心思缜密，心想那杨秀才伪装得如此严密、心思如此阴狠，恐怕会把人转移走，事不宜迟，马上带了大队人马冲进杨家，在产婆的指认下把那暗门直接砸穿，果然，那个"死去"一年多的涂如松的妻子，满脸惊恐地走了出来。

此事瞬间传遍麻城县，街头挤满了愤怒的百姓，叫骂声直上九霄，恨不能把被押解回县衙的那妇人当街打死。

涂如松妻子被带回县衙，此时涂如松也已经被人从大牢里带了出来，那女人一看丈夫竟然已经半死不活没个人形，终于良心发现痛哭起来："是我害了你！"

那杨秀才此前过分热情的行为也终于有了合理的解释，原来他与涂如松妻子有私情，当日涂妻出走后不久，就被他藏进自己家中，本来也没做好打算，没想到涂如松去报官，他急忙撺掇好友也去报官说姐姐恐怕是被姐夫打死了。

涂如松小舅子本不知道姐姐藏在杨秀才家，等他知道真相时，事情已经越闹越大绝不可泄露，只能听凭杨秀才做主。这杨秀才家资颇丰，贿赂第一任仵作遭拒，人家直接如实禀报是个男尸，他不但不收敛，反而变本加厉，重金买通了第二任知县和仵作，直接连涂如松带前任知县全告了，想着和官府的人牢牢绑住，把这个案子做实之后，再慢慢想办法安置涂如松妻子。

没想到家门内密不透风的惊天丑闻，却被一场接生的喜事揭开了。

三号知县赶紧上报巡抚，巡抚一看案情怒不可遏，连夜写了奏章加急送往朝廷。小小一个麻城，连日两封奏折递到了雍正面前。一封是总督写的：麻城涂如松杀妻，前任知县渎职。另一封是巡抚写的：麻城涂如松蒙冤，杨秀才藏奸陷害，第二任知县渎职。

两个朝廷大员，两个截然不同的判断，雍正一时难以分辨，想了想干脆你二人都别管了，都给我歇着，我再派一个人去。此次派去的那位新任大员也是雷霆手段，该打的打，该查的查，几番查下来上奏雍正：涂如松确实冤枉，都是那小舅子伙同杨秀才上下使钱制造冤案，至于总督大人，自然也是被蒙蔽的！

雍正就算心里知道总督或许是借机向一直与自己不和的巡抚发难，但也不想追究，毕竟都是自己多年栽培的大员，为了这么个案子不值当。于是轰轰烈烈的一场经年大案，最后只以杨秀才和涂如松小舅子伏诛告终了。

本回故事："麻城杀妻案"为清雍正年间之真实案件，载于《麻城县志》，袁枚《小仓山房文集》中也有详细记述。

第九回
无懈犯罪

中秋夜宴哭声诡异
神探画家智破谋杀

楼下不远处一直传来哭声，
是一个妇人的声音，从他们
一行人落座就听见那妇人在
号哭，直到酒过数巡、夜已
深沉，那妇人还在号哭，实
在是有些煞风景。

只爱糟床滴滴声，长愁声绝又醒醒。
人间荣辱不常定，唯有南山依旧青。

  这段定场诗的作者是唐朝文人段成式，不知道有没有熟悉这位的朋友，他是唐朝著名的小说家、诗人，咱们要说的这个案子最早就记录在段成式所著的《酉阳杂俎》中。

  《酉阳杂俎》这个名字虽然看起来特别奇怪，但是如果你喜欢文史小说之类的东西，这个书名你一定见过。《酉阳杂俎》虽然被作者本人定位成一部志怪小说，但事实上它的内容五花八门，包罗万象，远远不局限于志怪。这部书里的很多记载都成了后世文学创作甚至史料考据的参考，绕都绕不过去，是非常重要的一部作品，所以咱们开场就先把它隆重地介绍一下。

  这个故事的主角，也不是泛泛之辈，这个人叫韩滉，唐朝中期的一位政治家，走仕途的。今天起，明天落，这种官海沉浮虽然是绝大多数官场中人的普遍轨迹，但这位韩滉可算得上人中翘楚，人家一路做官做到入朝拜相，一生政绩斐然。

韩滉作为政治家的成就不小，但他在艺术上的声望更是了得。他是一位画家，他所画的《五牛图》被称为中国十大传世名画之一，剩下九幅画您要是感兴趣可以自己去查查看，这幅画现在就珍藏在故宫博物院，那可是宝贝呀！韩滉擅长画农村风物，尤其喜欢画牛、马、羊、驴，看来是一位身在庙堂之上，但深耕畜牧业的大画家。这一回的故事，讲的就是这位大画家用他作为艺术家的敏感，洞察一起惊人凶案的奇事。

唐朝中期某年，韩滉到润州做官，在那里当镇海军节度使，润州就在今天的江苏镇江，非常出名的一个地方，镇江香醋谁人不知！而且这个地方景致也很美，当时正值中秋佳节，韩滉准备和同僚们相聚在城中一个叫万岁楼的地方饮酒赏月。韩滉一行人在傍晚时分到了万岁楼，觥筹交错，诗歌唱和，就等着夜色暗沉月上高天，大家伙儿登高览胜，岂不快哉？此情此景，谁能不多喝几杯，韩滉也不例外，兴致高涨，喝得痛快。

　　但是这美酒美景中却有一点儿不痛快，就是这个楼下不远处一直传来哭声，是一个妇人的声音，从他们一行人落座就听见那妇人在号哭，直到酒过数巡、夜已深沉，那妇人还在号哭，实在是有些煞风景。

　　座中有人就听不下去了，召来店家让去打听一下是怎么回事，何人在此中秋良夜里哭闹不止，座中都是官员，如有什么冤情伤情的，我们与她做主便是，不要在那边厢扫人雅兴了。

　　店家当然知道这一桌都是什么人，忙不迭地跑出去打探。不一会儿噔噔噔跑回来禀报："哎呀，大人，原来是街坊温家出了人命啦！却也没有冤情，只是那温家当家的昨夜里好端端的突然死了，想必是喝多了酒中风而亡，他老婆这才在那里号哭，温家和咱们这个万岁楼相距不远，所以这动静听起来不小，可人家刚死了人，小的也不好劝人收声，老爷们多担待啊！"

　　原来是亲夫亡故，难怪哭得无休无止的。座中几个官员叹息一下也就罢了，大伙儿接着推杯换盏。只有韩滉听完店家的话后沉吟不语，起身去窗边站了一会儿，那哭声不绝于耳，他若有所思。

　　又过了片刻，韩滉把自己随行的手下叫过来，低声嘱咐了几句，手下应声出门去了。旁边的同僚好奇，问韩公:"您是打发下人做什么去了?"韩滉严肃地说:"叫他去外面看看那丧事,打听一下那个姓温的男子是怎么死的。"同僚更觉得奇怪了:"刚才那店家不是说了吗,昨夜喝多了中风而死啊,韩公是觉得有什么蹊跷吗?莫非韩公认识那个人?"

韩滉摇摇头:"并不认识。"这可就怪了,大家都不认识那死者,在这里也只听见他老婆哭丧而已,韩滉怎么就觉得有奇怪之处呢?

此时席间大伙儿都来了精神,想听听韩滉有何高见。酒筵安静下来,街上那妇人的哭声更明显了。韩滉指指窗外正色说道:"咱们入席已经将近两个时辰了,你们听,那妇人的哭声一刻不绝,而且这哭声中听不出什么悲痛之情,细听一下,反而是有畏惧恐怖之感,这可不像是亲夫突然亡故的人该有的感情。何况如果是至亲至爱之人离世,如此重创下的人哪有这种体力哭号个不停?这不像是哭丧,倒像是做戏。"

满座的官员闻言都是一惊,要知道韩滉可不只是个当官的,他还是个艺术家啊!艺术家的五感那都是极为细腻敏锐的,大家不由得纷纷起身,都站在窗边仔细听了起来。

这时候出去打听消息的下人回来了,说仔细向帮忙的街坊们打听过了，这个老温确实是昨夜喝酒喝死了，他老婆一早上起来就大哭大号，说老温这种暴病身亡的人不宜在家里停灵太久，叫来了亲戚们着急发丧，但再着急也得停个三天啊，这就先把灵堂搭起来了。街坊们虽然看着大过节的家门口搭起了灵堂心里都有点儿别扭，但毕竟是邻居去世了，也都过去帮帮忙。

韩滉仔细问下人，看见那老温的妻子了没有？下人说看见了，灵堂就安在巷子里，那个妇人就跪在那里哭，恐怕是哭得太久了都没有什么眼泪了，只是张着嘴干号，怪吓人的。

说者无心，满座的听者可都纷纷点头，互相使眼色，看来韩公没有听错，这妇人确实有些古怪。此时夜已深沉，韩滉摆摆手："且等明天再说。"

第二天，当地的县丞已经得到了韩滉的指示，带着人就径直去了温家，把那棺木连同老温的妻子带回了衙门，这可把街坊邻居吓坏了，一时之间各种猜测风一样传了开来，都说这老温平常夫妻不和，难道是老温的妻子谋杀亲夫？

韩滉确实认定是谋杀亲夫，因为他从这女人的哭声中听出了恐惧之意，而且丈夫身亡第一时间着急发丧，实在太过急迫，肯定是怕自己形迹败露，这尸体上必定有文章。

县丞审问老温妻子，上来就问她是如何谋杀亲夫的，从实招来！那女人大惊失色，张口结舌了好一阵子，才突然放声大哭，干号不止，无非是哭诉自己丈夫半夜醉酒中风身亡、自己无辜之类的话。县丞问她既然是酒后中风，怎么不去找大夫赶紧设法施药针灸，治也不治，就眼睁睁看着丈夫死去？妇人哭诉说当时已经半夜三更，她一个妇道人家，如何方便独身外出去找大夫？

县丞又问："既然不方便外出去找大夫，那你自己在家中也没有做过任何抢救吗？"女人说丈夫发病极为迅猛，顷刻间就没了声响，她好容易挨到天亮，才赶紧出门央告邻居去请大夫，谁知邻居来了一看，丈夫尸身都凉了，哪里还用得着找大夫？

说罢女人又大哭起来。县丞派了人去把老温家附近几个邻居都叫来衙门问话，同时叫仵作前去查验老温的尸体。

不一时，差人带回来几个邻居，七嘴八舌地说起来，都是早上听到温家院子里的哭喊声赶过去才知道老温死了，最早被女人叫去帮忙的是一个叫作李四的，那李四看起来颇受了些惊吓，回话时颠三倒四，半天才说明白是女人来他家拍门说老温不行了，叫他去看看，帮忙找个大夫，他去了一看，人都凉了，可把他吓得不轻。

县丞问完这一圈，仵作尚未回来，只能先放这群人各自回去，等验尸结果出来再看。

等了许久那仵作还没回来，倒是等来了韩滉的手下，带来了韩公的口头指示，说他仔细回想了那女人的哭声，必有杀夫之嫌，此案如不能告破，县丞你要承担责任哦！县丞吓坏了，心说大人您真是能闹，如何就能凭哭声断案了！说得如此言之凿凿，就跟您做梦瞧见那凶杀现场了似的。

官大一级压死人，何况还是个一直以来官声很好的上司。这可把县丞急死了，一溜烟跑到停尸房去，也顾不得嫌弃避讳什么的，急吼吼地问仵作查明白死因了没有。仵作一脸愁容摇摇头："没有，既无外伤也无中毒迹象，但是大人啊，若是酒后中风而死，一般来讲这尸体上或者是有死前跌倒导致的瘀血，或者某处有出血点，但这具尸体上却没有，实在蹊跷。"

县丞听仵作说完更急了："那你这意思就是这个人不像是酒后中风而死，对吧？那不就正验证了韩公的判断，是被害死的？既然是被害死，尸体必定能给出线索，我不管，韩公压我，我就压你，三天之内你给我个答案！"

可苦了这位件作了，围着这个尸体团团转啊，好在此时已过中秋，暑热稍减，这要是赶在盛夏时节，长久待在这个环境简直不堪想象。

那边的老温家现在就剩下个灵堂搭在巷子里，但是棺材被抬走了，左邻右舍的都知道官府现在怀疑老温是被他妻子所杀，大家也不再过去劝慰，那妇人闭门不出，只在家里时不时干号一阵，听起来十分瘆人。

眼看着三天的期限就要到了，件作迟迟不来报告，看来是毫无进展，把县丞急得茶饭不思。第三天下午县丞正在后堂端着茶杯苦闷，猛听得外面一路叫喊着跑进来一个人："有了！找见了！找见了啊！大人！"正是件作。

听说找见了，县丞大喜过望，霍地站起来，等听完件作的禀报，把县丞惊得浑身汗毛倒竖，手里的茶杯都端不稳了，咣当一声摔得稀碎，直挺挺坐到椅子上，缓了半天才说出一句话："好个毒妇！蛇蝎心肠！"

原来，件作这三天一直都没怎么离开过停尸间，守着那个死掉的老温查过来验过去，恨不得烧香请老温给自己托个梦，正一筹莫展的时候，今天中午突然发现一个异常：苍蝇多了。此时虽已过中秋，但苍蝇还是很多，尸体边围着苍蝇也不稀奇，可稀奇的是，这些苍蝇只聚拢在尸体的头顶。仵作心中一动，上去就把老温的发髻给拆了，细细扒拉开头发一看，纵然他半辈子和尸体打交道，也吓得倒吸一口凉气，老温的头顶，赫然戳着一小截儿铁钉，只剩下一小段在外面，可见是被人大力砸进去顷刻间毙命的。

好狠心，好辣手，好个毒妇！县丞怒不可遏，立即派人去把那毒妇抓来！衙役们已经得了信儿，人人怒火冲天，风一般席卷而去，不一时就把那妇人连拖带拽押回了衙门。县丞二话不说上来就是一顿大刑，打得那妇人鬼哭狼嚎，等打完板子了，仵作才铁青着脸端过去一个盘子，妇人看了一眼盘中那已经被拔出来的长长的铁钉，顿时瘫软在地，终于招认了自己杀害亲夫的过程。

据这凶犯所说，她与丈夫一直感情不好，老温嗜酒如命，酒后又常常打骂自己，那夜她实在忍无可忍，趁着丈夫烂醉如泥时把他手脚捆住，又给他嘴巴里塞满破布，顺手拿榔头给他头顶砸进了铁钉，打死之后才感觉后怕，想着赶紧下葬，没想到竟然能被官府察觉，难道是老温这个死鬼死后报复？

既然已经招供，县丞也懒得再与她多说，先把这个凶犯下了狱，拿着铁钉和口供去给韩滉复命去了。

听完县丞的报告，韩滉盯着那个铁钉看了又看，一言不发。县丞心说韩公这是怎么了，案子破不了他愁眉不展，案子破了他还是满面疑云，难道还有纰漏？这口供物证俱在呀。

韩滉心思极为缜密，他在中秋夜听那妇人的号哭，浑然没有长期遭受醉鬼殴打、报仇雪恨后的发泄感，反而只有行凶作恶后的惊恐，这妇人的口供虽然属实，但是想必仍有隐瞒。韩滉问县丞这个铁钉看起来是新打的，有没有问那妇人这是哪里来的。县丞很得意，这我能没问吗？"下官问得极为仔细，那毒妇说是老温生前买来修理大门的。"

韩滉点点头："那你就去查问一下周边的铁匠铺，老温生前那些日子是否真的去谁家买过铁钉。"县丞也是个机敏的人，当下就明白了，如果不是老温所买，那么这铁钉想必就不是温家的东西，如果不是温家的铁钉，那说明这个妇人在外面还有帮凶，她为了保护那个人，所以咬死了说铁钉是自家的东西！

县丞火速派出所有官差，把温家所在街巷连同附近数条街道上的几家铁匠铺查问了一遍，果然不出韩滉所料，有一个铁匠立即认出那枚铁钉是自己打的，但并没有卖给老温，而是老温的邻居李四前些日子来买的，总共买走了两根。

好啊，这对奸夫淫妇！一群官差立即呼啸着冲进李四家里翻了个天翻地覆，果然找到了另一根铁钉。这可真是铁证如山。

原来李四与老温的妻子有染，但李四生性软弱，担心被老温察觉，一直想要了断这份情感。怎奈老温的妻子却是个凶悍人物，本身厌恶丈夫已久，早就在心中谋划好了如何神不知鬼不觉杀掉丈夫，便把自己的计划说给李四。李四虽然被吓得不轻，但一时鬼迷心窍，心想又不是自己杀人，只不过帮忙买个铁钉而已，怎么也赖不到自己头上，再者说了，这个女人再心狠手辣，恐怕也只是嘴上发发狠，未见得就真的敢做出这样的事。

没想到真的做出了这样的事。那妇人杀了老温后还仔细把发髻重新梳好，把铁钉在发髻中藏好，第二天清早去装模作样敲门求助的时候，真把李四吓得魂飞魄散，当即悄悄警告她不许连累自己。虽然那毒妇对这个奸夫倒是有情有义，确实没有把他供出来，可县丞痛恨他虽没有亲自参与，却与有夫之妇通奸在前、提供凶器在后，他虽不杀伯仁，伯仁却因他而死，不可饶恕，一并惩处！

这一桩骇人听闻的杀夫案就此告破，百姓无不赞叹韩滉听声断案神乎其技！而韩滉自己却并不揽功，反而告诉旁人，听声断案也是自己从前人那里学来的，《论衡》里记录着郑国子产的话："死于其所亲爱，知病而忧，临死而惧，已死而哀。今哭以死而惧，知其奸也。"就是说一般人对于自己亲近之人都有常情常理，亲人病了就会担忧，亲人命不久矣就会非常恐惧，而亲人去世之后则会哀痛不已。而这个妇人在丈夫突然身亡后大哭，哭声中毫无哀痛却只有恐惧，那必定是心里有鬼了。

如此博古广闻、心思缜密，难怪人家是了不起的政治家和艺术家呢！

本回故事：段成式《酉阳杂俎续集》卷四

第一十回
空坟案

公主府珍宝遭失窃
苏无名酣睡捉盗贼

太平公主立即跑进宫里跟母亲一顿撒娇哭诉，武则天勃然大怒，这还了得？哪儿来的逆贼，竟然有这种泼天的狗胆，偷到我爱女头上了？！

明朝游上苑，火急报春知。
花须连夜发，莫待晓风吹。

这首定场诗的文采虽然平平无奇，但是很多人称其为唐朝最霸气的一首诗，这是为何？因为它是武则天称帝后的作品。咱们再来看这首诗写的什么意思，简直跟大白话差不多，意思是明天早上我要去上苑游玩，上苑就是上林苑，皇上的御花园嘛，给我火速把这个圣谕传给春神，园中百花给我连夜盛放，别等晓风吹拂了再开。好大的气势！要知道这首诗写于腊月中，腊月里她就要指示百花开放，这都不是天子了，这是天母啊。到底开没开咱也不知道，反正民间说是开了，就在这寒冬腊月，上林苑里百花齐放，听说好像唯独牡丹没有开，也不知道是性子太倔强还是耳朵背没听见圣旨。

用这首诗定场，当然是有缘故的，因为这首诗非常简洁鲜明地把武则天的性格中霸气性急的一面体现出来了，这一回的故事，跟她这个急性子也有关系。

说到武则天，很多人都能联想到她的掌上明珠：太平公主。不管你是看过史料记载还是只在影视剧中接触过那段历史，对这位太平公主应该都不陌生。武则天作为皇帝，可以说是威加海内，而她作为母亲，却是一个非常精神分裂的母亲，对她的儿子们来说，这个母亲可太吓人了，而对于太平公主来说，那她可以天天哼唱世上只有妈妈好，因为武则天对这个女儿完全可以用溺爱来形容。

这一回的故事就是从这溺爱中引发出来的一桩奇案。太平公主自小养尊处优，奢华无度，尤其喜爱四海奇珍，所以武则天见到朝野上贡的什么珍宝都想着拿去给爱女赏玩，近日又派宫人给公主送来两个镶金嵌玉的大木盒，太平公主打开一看，金灿灿辉照四壁，明晃晃宝光流连，满满两大盒的珍宝器物，看起来比她以往所得的所有宝物都要精贵十分。公主满心欢喜，把玩一番后小心收藏在自己的寝殿中。

自此以后，每隔些日子太平公主都会叫宫人把那两个盒子端出来，自己坐在桌前逐一欣赏，喜爱之情溢于言表。看女儿如此欢喜，武则天也圣心大悦，少不得把进贡之人嘉奖几句。

眼看着冬尽春来，这天，公主又想起她的宝贝了，喜滋滋叫宫人去取，想着在里面找一个合意的首饰戴上，没想到宫人去了后殿没一会儿就急匆匆冲回来扑通跪下："大事不好了公主！宝盒被盗了！"

公主府失窃，而且别的东西都没动，偏偏只把最贵重的两盒珍宝盗走了，这分明就是有人里应外合。但是太平公主并不关心哪个宫人吃里爬外，她只心疼她的那些宝物。要说那些宝物确实价值连城，但公主也不是心疼钱，她深得武则天宠爱，从小要风得风要雨得雨，钱算个什么东西，只是那时候的工艺水平可不比现在，每一件珍奇饰物都是能工巧匠的呕心沥血之作，独一无二的物件，丢了可就再没有一模一样的了。

太平公主立即跑进宫里跟母亲一顿撒娇哭诉，武则天勃然大怒，这还了得？哪儿来的逆贼，竟然有这种泼天的狗胆，偷到我爱女头上了？！这跟进宫偷了我的东西有什么区别？立即宣旨召见洛阳长史。当时的都城是在洛阳，这就相当于把首都的行政长官叫进宫了。

洛阳长史一听，什么什么？公主的东西被盗了？当时吓得汗也下来了，手也直哆嗦，磕头如捣蒜，说："臣下这就去查，速查速办！"

武则天盛怒难平，说："你别给我来这套虚词，什么速查速办的，我就给你三天时间，找不回失物抓不住盗贼，你这脑袋就给我速速搬家吧。"

想起咱们开场的定场诗了吗？"花须连夜发"，这武则天性子多急，多霸道，这么看来对洛阳长史算宽仁的了，还没说让他"案须连夜破"呢，这就算皇恩浩荡了。洛阳长史咣咣一顿磕头，出了宫死命催着抬轿子的差人赶紧回府衙，生怕跑慢了脑袋移位。

回去的路上就已经派了人去把下属两个县的县令急召到州府来，再三叮咛让他们快点儿，跑慢了就直接给大人我出殡吧。这把那俩下属给吓的，不会骑马也得骑上了，这是出了什么塌天的大事了，紧赶慢赶着都到了州府。洛阳长史把案子一说，两个县令脸都绿了，怎么摊上这么个事？这弄不好咱仨一起出殡啊！洛阳长史也顾不上那么多，手一挥："两天时间，你们给我把这个盗贼抓住，抓不住咱们就奈何桥头喜相逢吧。"

两天？怎么变两天了？洛阳长史这不是想着给自

己留一天周旋的余地嘛，万一他俩找不见，自己还能再想想别的辙。至于他俩回去怎么抓贼，那不管。

两个县令来时急如风，去时急如疯啊，来的时候像一阵风，回去的时候已经急疯了！武则天时期重用酷吏，官场中人个个自危，摊上这个案子，跟已经把脑袋别在裤腰带上也没区别了。两人回到县衙各自安排工作：太平公主府中失窃，一天时间，全体官差衙役给我把全县掘地三尺捉贼见赃。

又变成一天时间了，这就叫层层加码。两县的衙门全炸了营了，就算是挨家挨户去翻也翻不过来啊，但是皇命如天，谁敢抱怨，呼啦啦齐冲出去，看起来气势汹汹，实际上是没头苍蝇，这可上哪里去找？

一开始两县差役都在街头搜寻，想看看有无形迹可疑的外乡人物，不多时有人想起应该封城断路，这样一来如果盗贼仍在城中的话岂不是插翅难逃？这么一说，众人纷纷称赞：妙计妙计，但是咱得分头行事，一拨人去封城，另一拨人去邻县通知这个妙计，让他们依计行事。

说办就办，一干人等急吼吼准备先回衙门请县令下封城令，便吵吵嚷嚷着往回走，当中有一个年纪稍长的官差看见大路上来了一行人，中间一个白衣人似曾相识，他略停了一停，旁边的官差也随着他眼神看去，咦？外乡人？莫不是看出什么来了？

那几个人越走越近，年纪稍长的那个官差大喊一声："哎呀！果然是您啊！苏别驾！"别的官差听他突然大喊，也都停下脚步，随着这个官差的喊声，那个白衣人停下脚望过来，笑容浮起："多年不见，上差可好啊！"

这个人叫苏无名，当时是湖州别驾，这是个什么官？大概类似于湖州行政长官的首席秘书吧。苏无名曾在洛阳任职，与这个老官差认识，其他官差中也有以前认识他或是知道他的，此时突然看见苏无名，个个脸上的表情如同看见神兵天降一般，一拥而上作揖问好，个个一扫之前的垂头丧气，变得喜气洋洋。

这是为何呢？可不就是因为这个苏无名素有"神探"之称，这帮官差见了他就跟见了贼似的，不对，跟捉到了贼似的。苏无名虽然是个官员，但毫无官架子，与这帮人打了一圈招呼，看他们的神色心中已知一二，于是详问了一下出了何事，官差们七嘴八舌说了一通，苏无名站在原地想了想，又回身往来时路上看了看，似乎是在思考什么，随即点点头，说自己心中已有打算，此案可破。这话一出，群情雀跃，有那个别不知道苏无名的厉害的官差，虽然觉得此人未免太张狂，你知道什么呀就此案可破，装神弄鬼的，但看同僚深信不疑，也就不便多说。

话说回这个洛阳长史，安排完下属去破案后，自己心里也没底，在州府里长吁短叹，忽然下人来报，说所辖两县的官员差役来了不少人，要报告喜讯，长史喜出望外，哎呀，没想到天助我也，一日之间竟然已经擒得恶贼了？欢喜得都顾不上尊卑，站起来就往外迎。

到了院子里，一群人已经吵吵嚷嚷进来了，长史抬眼一看，中间簇拥着一个白衣人，甚是面熟，仔细打量了一下，大吃一惊："这不是苏别驾！你们真是胡闹，怎么把朝廷命官当贼给抓来了！"

下属县令赶紧回禀："长史您急糊涂了啊！苏别驾今日进京办差，恰遇我等搜贼，苏大人说他已洞悉贼况，无须我等再大张旗鼓了，这才送他来与您详谈哪。"

长史一听，愣了一下，随即哈哈大笑，我可真是急糊涂了，苏无名办案如神这怎么能忘？赶紧把苏无名迎进去细谈。那两县的县令一看交了差，都长出一口气准备告辞，这时苏无名急忙叮嘱："二位回去后如常行事，只当这个案子没发生，千万不可封城堵路大肆搜查，以免打草惊蛇。"两个县令无不允诺。

在州府与苏无名密谈后，长史赶紧上表，说湖州别驾苏无名来了，自请破案，想面奏皇上。武则天以前也听说过苏无名的事迹，她对能臣还是很喜爱的，马上召他们进宫面圣。

苏无名叩拜过武则天后不卑不亢地请旨，说这个案子必然可破，不破可拿自己的头颅换洛阳长史的头颅，只是自古破案也需要遵循天理人情，圣上爱公主之情至浓，所以才导致您催促破案过急，但过急容易生变，臣已有擒贼之策，现在恳请圣上宽限，十日之后必能擒贼，还请圣上不要再苛责州县官吏，擒贼之日还需要他们出力呢。

武则天听他说得入情入理，也就点点头，好，那你记着点儿时间，十日之后，带那两盒宝物进宫来吧。

出了宫，苏无名就与洛阳长史告辞，说从现在起您数到第九天，那天咱们府衙见面吧，其他时候该干吗干吗，不必忧心。随后就自行离去，干他自己的事情去了。长史虽然心里仍不十分踏实，但毕竟圣上已经把这个案子交给了苏无名，自己这官职和性命都无忧了，也就把心一横，回去假装没这回事了。

等到了第九天，苏无名早早来了州府，进门一看，好家伙，两县县令带着几个官差早都等他半天了，可见大伙儿还是很忐忑。苏无名也不多话，上来就安排，明天就是寒食节，全城百姓陆续都要出城扫墓祭拜，两县衙役以维持秩序为名，给各个出城口分派人手暗中观察，如发现有一队身着胡服去扫墓的人——这队人约有十人，尽数是壮年男子，没有一个老弱妇孺，就派人悄悄尾随，仔细看清他们的一举一动回来禀报。

官差们四散而出，各自安排人手听命行事。不多时就有快马回来报信，果然有一队胡服男子出城扫墓，是一座新坟。苏无名细问那群人扫墓时举止如何？官差回禀说："看起来十分潦草，并不仔细祭拜。"苏无名又问这群人可有悲戚之色？官差说："很奇怪呀，大人！按理说新坟的话应该埋的是亡故不久的人，活着的人应该还在伤心中呢，可这群人只是干号了几下，也不见有什么悲伤神色，反而有几个围着坟走了好几圈，脸上甚至还露出笑容了呢。"

苏无名点点头：就是他们了。立即请洛阳长史下令，兵分两路，一路人去捉拿这伙儿胡人，一路人去刨开那座新坟。

说句题外话，你说你们得把别的扫墓的人给吓成什么样？这边哭哭啼啼祭拜呢，突然来了一票官府的人，喊里咔嚓把人家旁边一个坟给挖开了，这是犯了多大的罪过，怎么还要开棺鞭尸不成？

话说两拨人马各行其是，不多时捷报频传。

原来那伙胡人并非此地久居人士，都住在城内一客栈里，这会儿已经扫墓回去了，被一举拿下。据客栈老板说，听这群人说过几天就准备离开了，苏无名安排得可真是时候。而城外那座新坟，挖开一看，是一具崭新的薄皮棺材，看起来只是草草下葬，开棺一看，可不正是那两个镶金嵌玉的宝盒？盒中珍宝累累，把官差们眼珠子都差点儿看掉了。

这下子洛阳州府内欢呼之声不绝于耳，大家伙儿纷纷赞叹："苏别驾真神人也！"长史高兴得不知如何是好，赶紧备轿，拉着苏无名进宫献宝。

武则天听完洛阳长史的奏报，也是非常好奇，询问苏无名是有什么神鬼莫测之术吗？怎么知道他们是盗贼的？而且最关键的是，十天之前怎么知道今天他们会暴露行踪？

苏无名一一回禀，这才知他并非有什么能通神鬼的异能，而是他要比一般人善查多思。

苏无名来到洛阳那天，恰好在城外与一队送葬的队伍错身而过，那伙人个个身着胡服，整个送葬仪仗十分潦草，简直称得上简陋，而且这群人也没什么悲戚的神情，所以他当时还多看了几眼。进城后遇上官差们说起盗宝案，他忽然想起那支送葬的队伍，心里快速回想了一下，那几个抬棺的人虽然身形健硕，但也不至于抬着口棺材还能那样健步如飞，除非那棺材中的人非常瘦小，又或者是，棺材中其实并没有死人！

洛阳城中人口庞杂，但敢进公主府偷盗的，必定不是长居此地的人，而公主府被盗后，整个洛阳和下辖属地必定大肆搜捕，那赃物太过显眼，放在城中也不妥当，埋在城外最为合适。如此联系起来，他断定那伙人就是盗贼。

至于为何要等到今日才去抓捕，是因为苏无名不但观察力惊人，而且心思之缜密也远超旁人，这群胡人远道而来，出手就是如此大案，想必都有破釜沉舟的打算，如果没找到赃物而是先把他们给抓了，可能审不出任何结果，反而会惊动了他们的同党，那么多的珍宝，拼出去几条性命不要了，也要给同党留下，这一步不可不防。当天他并不知道那些人去哪里埋葬了那口棺材，总不能到处挖人家的坟吧？

从失窃到今日已经过了十余日，苏无名站在窃贼的立场思考，他们一方面应该已经放松了警惕，另一方面也很想看看宝物安全与否，所以寒食节这伙人一定会假装上坟祭拜，确认坟地完好无损后不日就会挖开，带着宝物远走高飞。果然一切都不出他所料，窃贼如同他安排的伶人一般，按照他的想象行事，一步步带着官差们找见了宝盒。甚至连窃贼见了坟地如见珍宝，实在忍不住会面露喜色这种小细节，苏无名都想到了。

虽然那伙人假扮送葬出城埋宝被苏无名撞上，这是巧合之运，但擦肩而过就能洞察隐情，凭蛛丝马迹就可掌控全局，破案如观画，所有细节尽收眼底，这份异于常人的才能依然令人赞叹。武则天非常欢喜，以前就听闻过此人之才，今日得验，果然探案如神，当即大大嘉奖了一番，赏金、升官不在话下。

本回故事：《太平广记》第一百七十一卷"精察"
本故事主人公苏无名，在正史上几乎没有详细记述，是否真实存在都有待考证，却在唐传奇小说中占有一席之地。相传唐代有专门讲述苏无名探案的小说，今已不见。本回所讲的是我们能找到的、记录最详细的一个故事——苏无名智破盗宝案，收录在大名鼎鼎的《太平广记》中。

第一一回
无头尸

醉酒后胡言上公堂
新丧妇改嫁钓真凶

几个衙役赶紧劝说，倒是费
知县心中一动，也不说话。
等那何氏哭喊了半天后，费
知县才又往前走，走近了才
看清，那尸体的脑袋却是没
有的。

举头三尺朗朗天，岂忍无辜饱含冤。
枯井无波藏杀气，明镜有灵辟邪奸。

　　这个故事来自家喻户晓、大名鼎鼎的《聊斋志异》。《聊斋志异》在很多人心里的地位跟《西游记》《封神演义》差不多。提起这些传统名著，不由自主就有种文化血缘上的亲切感，画皮的故事、聂小倩的故事、婴宁的故事、促织的故事等，都是我们耳熟能详的篇章。

　　作为我国古代文言短篇小说集的一座高峰，《聊斋志异》的知名度几乎不下于四大名著，全书近五百篇故事，鬼狐异人个个鲜明。借助曾经的小人书和后来的影视改编作品的传播，作为鬼怪故事经典的《聊斋志异》中的各个形象早都已经深入人心，但事实上《聊斋志异》中还有大量的人间故事，它们的艺术魅力和精彩程度一样令人拍案叫绝，本期小故事就是其中一个。

　　咱们要说的这个故事里没有神鬼妖狐，也没有阴司地府，它就是发生在人间的一桩凶案，但讲的却是比鬼狐还要吓人的丑恶人心。

　　事情发生在清朝的顺治年间，济南府淄川辖内，淄川就是今天的山东淄博，《聊斋志异》的作者蒲松龄的家乡。这个淄川当时来了一位地方官，姓费，咱们叫他费知县。

　　费知县可是个大大的清官，不但公正清明体恤民情，而且很反对严刑酷法，认为不管是为官还是当差，断案凭的是明察秋毫、抽丝剥茧，一味动用酷刑恐怕只会错造冤狱，他是个非常好的父母官。但有时候也不是说父母官清廉了，属地就能太平，百姓就全都良善，总有一些穷凶极恶之徒偶生事端，所以才把这位费知县给忙活成了蒲松龄他老人家的素材。

　　这一天费知县正在整理文书，突然有官差带着一个百姓急匆匆来报案子，费知县很纳闷儿，有何冤情呢？为何不递状子诉冤求告，来后堂做什么？

　　这个百姓看起来四五十岁，普通乡民打扮，跪在地上禀报："大人哪，小的昨夜听说了一桩杀人案，小的与那被杀的人素不相识，跟那个杀人的也无冤无仇，只是觉得就算是偶然得知，杀人这种事，既然知道了，就该禀报官府为人家被害的人申冤报仇，不然小的心里过意不去，万一那亡魂迁怒于我，半夜里来找我要个公道可怎么办！"

费知县听了暗自觉得有些好笑，虽说是担心阴司报复，但这个人倒是也颇有些正气，便叫他起来站着回话："什么杀人案？谁杀了谁？细细说来。"

原来此人姓冯，这个老冯和邻居胡成关系还不错，平常有事没事总一起喝酒闲聊，昨夜他又被胡成叫去家里饮酒，酒过三巡后两人聊起如何找个发财的门路，胡成突然讥笑老冯胆小如鼠，如何发得了财，这种事对自己来说简直易如反掌。说话间胡成从内室拎出来一个大包袱，打开一看，可把老冯吓得不轻，白花花的银子看上去得有上百两。

两家是多年的邻里，彼此知根知底，虽然说不上贫寒，但也都是寻常小户人家，胡成突然掏出来这么多银两，老冯岂能不受惊吓？赶紧问他这是从何而来，说最近也没听说你做了什么买卖啊？胡成酒劲上头，哈哈大笑，说："老冯，你也忒胆小了，你看看我，前两日路过城外时有个客商向我问路，我略一套话就知道这厮是带着钱财行商的，顺手把他宰了扔进南山的枯井里，他这随身的银子可不就都归了我了？"

老冯得知此事后一夜难眠，隔壁邻居杀了人，竟然还得意扬扬告诉了自己，这要是不报官，自己一来良心难安，二来也不免担心自己日后的安危，谁知道那个胡成会不会有朝一日杀了自己灭口呢？于是急忙溜来县衙报案，但不敢大肆声张，央告了守门的官差带他来悄悄禀报。

谋财害命这在哪朝哪代都不是小事，费知县闻言马上派人去胡成家搜查，如果真搜出那些银两，就把胡成带回来问话。

没想到果然在胡家搜出百十两纹银，官差吆喝着就把那个胡成带回县衙了。这胡成昨夜喝得酩酊大醉，这会儿还宿醉未醒懵懵懂懂，不晓得为何突然家里来了一帮官差翻箱倒柜，突然又把自己推推搡搡带到了县衙大堂，他本身长得颇为凶悍，这会儿来了大堂也不下跪，反而梗着脖子生气。

费知县是个温和明理的人，也不与他计较，只开口问他："胡成，有人告你在郊外杀了客商，抢夺了人家的银子，如今银子已经在你家找到，你可有什么要分辩的吗？"

胡成这一下给吓得残酒尽消，猛地想起昨夜自己跟老冯说的话，扑通一下跪倒在地大呼小叫起来，直喊冤枉。据胡成所述，他昨夜只是喝多了酒向老冯胡乱吹嘘而已，这些银子是他妹夫前日托付给他帮忙置办田产用的，他家里从未有过这么多钱，又素来逞强好胜，所以才胡诌了些瞎话吹嘘自己，没想到老冯竟然报了官，这让胡成大为意外，那老冯明知道自己本来就很爱胡吹乱侃，怎么会信以为真？！

在胡成的描述中费知县敏锐地察觉到这两个邻居之间的一些微妙之情，这胡成看起来颇有些蛮横，但心思耿直有什么说什么，而且似乎总在言语上挤对老冯，那个老冯想必心中早有不满，只是面子上过不去，平日里想来也是曲意逢迎的时候居多。这次胡成竟然让自己抓住这么大一个把柄，必要出口恶气，这事倒也没有老冯自己所说的什么替人不平之类的那般正气。

费知县想了想此案倒也不难，分派两路人马去查证便是，一路去把胡成的妹夫叫来，问问是否有给钱买地之事；另一路就去那城外南山的枯井里看看，是不是有人被杀抛尸。

胡成的妹夫来得很快，到了县衙给大人跪下就喊冤，想必路上已经听官差把事情说了个仔仔细细，跑得气喘吁吁，急得满头大汗，直言那些银子确实是自己放在胡成那里的，前阵子托胡成找中间人买了一小块田产，过几天就要签地契了，因为对方和胡成相熟，所以就想着先把钱放在他那儿，卖家随时要签的时候也方便。费知县问你放在他那里多少银子啊？妹夫的回话也确实对得上数目。

正问话间，另一路官差回来了，几个人面如土灰：大人，那城外枯井中确实有具尸首！

真是一石惊开千层浪，大堂之上顿时炸了锅，胡成和妹夫四目相对，都是满面震惊。有那性子急的衙役马上请令："大人，这胡成妹夫把那银子数量说得分毫不差，想必这杀人案是他二人联手所为，事后担心败露，早早编好了瞎话对好了口供，如今尸首都找见了，如何抵赖？！请大人严刑拷打这两个恶贼！"

费知县向来不喜欢严刑峻法，唯恐酷刑之下造出冤狱来，虽然现在在枯井中找见了尸体，但也不想草草定案，只象征性地用语言威吓了一番，要胡成赶紧交代具体何日他如何杀人、被害的人又是何等形貌，可是那胡成哪里肯招，只呼天抢地说自己真的是酒后吹嘘，谁知道老天爷这么捉弄他，那枯井里怎么会真的有尸体？！

官差衙役们虽然互相使眼色，觉得知县大人也实在太过温和，但知县不下令，谁也不能动刑，只能听命先把胡成和他妹夫一并关押起来，胡成大喊冤枉自不必提，他妹夫更是哭得泪人一般，费知县心想这要是做戏的话，也未免太会骗人。

第二天，淄川县里就贴满了告示，详述了城外发现无名尸体，如有人家近日有人走失请速到衙门报官，同样的告示也快马递给了几个邻县，看看是不是外地客商。而胡成伙同妹夫杀人、劫掠了人家上百两银子的小道消息也已经不胫而走，传了个满城风雨。

没想到告示贴出去第二天，衙门里就来了人报失，是一个少妇，自称何氏，说丈夫叫何甲，前几天背了一包袱银子出门，本来是去做买卖，没想到一去不返，昨日看见告示，心中惊惶无比，恐怕是丈夫被胡成杀死了。

费知县听完何氏的话，先好言劝慰了几句，随即亲自带着衙役们领着何氏去南山枯井那里认尸。

那具尸体已经打捞上来，就放在枯井边，身上胡乱搭了个草席。一行人走过去，刚远远看见那个搭着草席的尸身，何氏就瘫坐在地放声大哭起来："不叫你出门你偏要去！如今死在这荒山里！作孽的死鬼呀！"

几个衙役赶紧劝说，倒是费知县心中一动，也不说话。等那何氏哭喊了半天后，费知县才又往前走，走近了才看清，那尸体的脑袋却是没有的。"是不是掉落在井中了？"费知县询问打捞的人，众人都说仔细捞过了，确实没有，想必是行凶的人担心被人发现查出来这死的是谁，把头割下来丢到别处了，但这四周也已经查找过，一无所获。

那何氏就在远处伏地大哭，也不近前来，恐是心中害怕，毕竟是妇道人家。费知县安排人送何氏回去，因尸体少了脑袋，暂时搭个小棚停放在此，等找见脑袋了再查验下葬。

费知县回到县衙少不得又把胡成提上堂来审一审，但那胡成只是喊冤，这回都已经把刑具丢到他面前吓唬他了，他也不松口，说杀人的罪过无论如何是不能领的，自己绝没有杀人。

知县当然也派了人去胡成家翻找，想看看是不是把脑袋藏在自己家了，官差到了后查得那叫一个仔细，连灶台都给扒开了，却是一无所获。有那年老的官差就向知县献计：谁能把死人脑袋藏在自己家里呢？想必是扔到什么草滩泥坑中去了，就凭衙门里这几个人，找到何时才能找见！反正此案已经传得沸沸扬扬，不如就发动百姓一起寻头，找见了官府给些赏钱便是，人多好办事，说不准就找见了呢。

费知县从善如流，立即着人拟了告示寻头，还按着何氏的形容描述写了写面目特征，反正眼下看来这个人是不是胡成杀的虽还未定案，但这个人确实是何甲无疑了。

果然人多好办事，告示贴出去两天，这个淄川县里胆大的那帮人全都动起来了，手里拎着镰刀铁锹到处扒拉，第三天就有人扒拉到了，拿了个破竹篮子拎着一颗脏了吧唧、泥血混合的脑袋进了县衙。

衙门的仵作拎着篮子一溜烟去了南山，好一顿对比操作，回来报喜："确实是何甲！"费知县松了一口气，询问那个人姓甚名谁、是从何处找见的脑袋，那人回话说叫王五，看见告示后就去找，没想到在离胡成家不远处的一条小脏水渠里找见了。

费知县赞叹："你还挺有计谋，知道去胡成家附近找。"王五面露喜色："不瞒大人，现在外面都知道胡成杀了人，小的这才想着去他家附近瞧瞧。"费知县好奇："本县尚未结案，如何就传成死案了？你怎知是胡成杀的？"王五赶紧回禀，说："胡成的邻居老冯这几天到处宣扬，把胡成如何杀人、抢了人家多少银子说得有鼻子有眼的，大家伙儿都信了，毕竟是胡成对老冯亲口所说。"

原来是老冯这厮宣扬的，费知县虽然心中不悦，但也没再多说，叫官差给了王五赏银，把他打发走了。

此时虽然还没收到胡成的口供，但人证物证都齐全，官差们都想着这就结案算了吧。没想到费知县还有别的事要办，派人去把死掉的何甲族中长辈请来。那何甲父母已亡，族中只有个堂叔当事，此时来了衙门，也不知道县太爷有何吩咐。费知县温言相劝，说你们族里这个何甲惨遭不幸，我已知他家中无长无幼，如今只余一个寡妇，以后必不能立足，所以想与你商量，官府有体恤之意，要做主为她另寻一门婚事，如有下聘礼者，所得财帛尽归你们族中，只把她放出门去就可，不要让她年纪轻轻守了牌坊，如果逼得她想不开出了什么意外，大家都不好看。

何甲的堂叔一开始听说官府让何氏改嫁，当即表示不悦，我们族里还没出过贞洁烈妇呢，这好容易来个机会，这得让她守寡呀！怎么还给放出去了？这知县老爷管得真宽。后来一听，如果有人愿意下聘，所得聘礼都归了他，他又转怒为喜了，嘿嘿，什么牌坊不牌坊的，拿到手的真金白银才是实在东西，立刻感激费知县宽仁爱民、思虑周全，并将费知县大大地吹捧了一番。

费知县把这个安排派人去跟何氏一说，那何氏年纪轻轻，正担心自己以后会被族中人逼着守寡呢，岂有不应的道理，这事就成了。官府做主的婚媒，需到官府来投婚状，消息刚传出去没多时，就有人忙不迭地来了，你猜是谁？却是那个找到了何甲头颅的王五。

满堂的官差们无不惊诧，这可是无巧不成书，没想到老天有这种安排。费知县也哈哈大笑：来得好啊，果然是你！突然一声大喝，叫王五跪下，问他是如何与何氏勾搭成奸，又是在何时地杀了何甲的。

知县的话让举座哗然，怎么回事？王五杀的？知县如何得知？

原来胡成一直不招，费知县已经断定此人不是胡成所杀，因为他看胡成和他妹夫在堂上连一丝互递眼色的小心机都没有，两人都只顾着大哭喊冤，毫无做戏之感。而那个何氏，去南山认尸之时太过离奇，大家离着那尸体尚有数十步之遥，谁都看不清那尸体是男是女的时刻，她居然就一口咬定那是她丈夫何甲，坐地大哭，这种细节只能说明她早知道何甲死在那里，而且她心中有鬼，迟迟不肯前去认尸，只一味地干号。至于这个王五，所住之地离何甲家甚近，但是离胡成家却非常远，你怎么就能听到老冯在外面胡说？如不是存心打听，你去胡成家附近转悠什么？

听完费知县这一席话，堂上所有官差都恍然大悟，回想连日来的一幕幕，这王五和那个何氏的一举一动都透着一股阴森的虚情假意，此时再看王五，张口结舌抖如筛糠，竟然连一句辩驳的话都吐不出来，可见这奸夫只急着来投婚状，全然不知这是费知县设好的圈套，一头栽进来，只落得个五雷轰顶的下场。

不多时，何氏也已经被押到了大堂，一上堂看见跪在一边的王五，何氏脸色大变，这时候费知县突然喝问："你说何甲背了上百两银子出门做买卖，你家家徒四壁，哪儿来的上百两银子？何甲的尸身上穿的衣衫都是破絮烂棉，既然家里有上百两银子，怎么出门行商也不换件像样的衣服？"

突然遭到这一连串当头喝问，何氏张着嘴只会呜呜啊啊，却是一句也答不上来。此时的费知县已经心如明镜，也不再体恤怜悯了，一声令下，众衙役如狼似虎挥板子上刑具，打得这两个恶人叫破喉咙涕泗交流，把谋杀何甲的事情全招了。

果不其然这就是一对蛇蝎心肠的奸夫淫妇，这两人杀了何甲后把脑袋埋进了荒野，将尸体弃于南山枯井，本来这两人还没想好后路，谁知道没过两天就看见了县衙的告示，王五打听了一番后发现竟然出现了个天衣无缝的替死鬼案子，真是喜不自禁，赶紧跟何氏商量好计策，就说何甲出门经商不回，想必是被人劫杀了。后来没想到县里还在悬赏找何甲的脑袋，王五利令智昏，也顾不得暴露自己的风险，喜滋滋把那个头颅挖出来就去换赏金。

一切都顺利得如有天助，这二人现在唯一的困境就是何甲死后何氏的去留得听家里族长的安排，没想到啊没想到，知县竟然给何氏安排好了！得了消息的王五高兴得搓手顿脚在家里团团转，想还不赶紧去投婚状，万一有哪个不开眼的半路杀出，坏了我这盘天作的好棋可怎么办？于是大大咧咧来了县衙。这可真是好良言难劝该死的鬼，长胳膊拉不住短命的。

真相大白，王五何氏杀人偿命自不必说，只是可恨那个老冯，明知胡成酒后吹牛，但他出于私心借题发挥大肆诬蔑，偏赶上这么巧一桩命案，差点儿让胡成蒙冤含恨，费知县释放胡成和他妹夫，好好安抚了一番，给老冯治了个诬告罪，也算对胡成有所交代了。

本回故事：蒲松龄《聊斋志异》之《折狱》

第一二回
胭脂案

俏佳人芳心暗许引祸事
一张嘴反转反转再翻案

———

这样一个小门小户，养着一个千娇
百媚却迟迟未能出嫁的女儿，在乡
里就好似当街露富、怀璧夜行，牛
医夫妇心里也难免焦虑。

———

大祸岂有凭空兴，奇冤竟因掷果情。
僵桃代李哀何盛，守得拨云见月明。

这一回咱们讲的还是《聊斋志异》里的一桩公案。这个原型故事的情节曲折跌宕、人物形象丰满，用今天的话来说，那就是反转反转多重反转，跟摊煎饼似的，反转爱好者可一定要听。

故事发生在清代的东昌府，也就是现在的山东聊城，当地一个县里出了杀人案，来报案的是一对母女。

这对母女自称住在城中某处，家里只有三口人，当家的是一个牛医，相当于咱们现在的兽医。当时耕牛是主要劳动力，穷苦人家若是自己生了病，为了省钱大多都舍不得求医问药，但家里若有耕牛，那可是一定要精心照顾的，所以牛医也算是一份比较稳定的职业了，糊口是不成问题的。牛医姓下，夫妻俩膝下只有一个女儿，取名胭脂。虽然卞家是寒门小户，但这女儿生得明媚俏丽，自小又非常懂事知礼，夫妻二人视若珍宝，平日尽可能地给女儿好吃好穿娇养着。

牛医虽然身份微贱，但总想着给女儿找一个好婆家，这样才不至于糟践了女儿的姿容才貌，在这种熏陶下，他女儿胭脂也慢慢地对美满婚姻有了向往。可惜当时门第观念根深蒂固，纵然有着远近知名的美貌，但因为家世贫寒，加上父亲又是个不入上流之眼的牛医，所以胭脂的婚事就迟迟没有进展。

这样一个小门小户，养着一个千娇百媚却迟迟未能出嫁的女儿，在乡里就好似当街露富、怀璧夜行，牛医夫妇心里也难免焦虑。谁承想，真的怕什么来什么，昨夜竟然就有色胆包天的狂徒趁夜色闯进他家，一看就是要对胭脂行不轨之事，不料那厮走错了屋子，竟然进了牛医夫妇的房内，被牛医当场擒住。牛医上了年纪，本来急忙忙拿了把刀在手上防身擒贼，却不料反被那狂徒抢了去，挥刀猛砍，当场被杀身亡，那狂徒丢下刀就夺门而去了。

母女二人在公堂上哭得声嘶力竭，说完来龙去脉，止不住地磕头求知县大人捉拿凶手为民做主。

知县一听这还了得？半夜三更去强辱民女已是重

罪，行迹败露后竟然反手杀人，如此恶贼不杀不足以平民愤。低头一看，那个胭脂长得水灵灵、娇艳艳，此时哭得梨花带雨、海棠着露，知县心里更添了三分怜惜，马上下令让衙役们去查访。这时胭脂的母亲却禀报说："大人不必查访了，那凶徒名叫鄂生，就住在我家隔壁那条街上，请大人下令直接擒拿来就是。"

知县一听："哦！你们认识他呀？昨夜已然看清了他的面目，确实是那个鄂生对吧？可不能大悲之下认错了人啊。"

胭脂母亲的脸上浮起一片羞愤之色，慢慢从怀中掏出一个物件来，回禀说："我并不认识那厮，但有此物为证，确实是鄂生无疑。"知县定睛一看，是一只精巧的绣鞋，看起来应该是少女之物，再一看一旁的胭脂，此时已经羞惭难当，哭得直不起身来了。知县心知必有隐情，叫她们母女慢慢说来，不可隐瞒。

胭脂的母亲这才把家里的一桩丑事仔仔细细交代了一遍。原来隔壁街上住着一个鄂生，前些日子妻子去世，有一日路过他们家门口，与正好出门的胭脂撞上，两个人互相打量几眼，竟然彼此颇为有意。那鄂生家里本是书香门第，那些天又正在服丧，浑身缟素，也没多做停留就走了。没想到过了几日，竟然有一天趁着夜色悄悄溜去胭脂家，径直闯进胭脂的房间求欢，胭脂虽然生在小户人家，但自幼明理洁身自好，就算当时相遇对他有好感，也不能行此下作之事啊！当时就严词拒绝，直言如非明媒正娶，绝不苟且。那鄂生倒也知道羞愧，但非要和胭脂私订终身，强行拿了她一只绣鞋就走了。

昨夜恶贼在院中打杀了牛医，虽然黑天半夜里看不清面目长相，但他逃走时慌里慌张丢下了这只绣鞋，母亲看到这是女儿的绣鞋后震惊不已，逼问之下才知道有这段前情，这还有什么可说，必定是鄂生又来骚扰，没想到这次竟然犯下命案。

原来如此！知县点点头，如此看来，想必凶手就是那个鄂生了。虽然胭脂曾经确实对他有意，但在其暗夜前来时厉色拒绝，说明这个姑娘不是个糊涂人啊，此事与胭脂无关，纯属狂徒逞凶，知县大喝："来呀！"两边衙役个个怒声作答，一时间得了令，饿虎扑食一般去把那鄂生捉拿归案了。

把这个鄂生抓到县衙大家一看，倒是长得斯文秀丽，一表人才，果然是人不可貌相，谁能想到他是个禽兽呢！这鄂生一上堂就吓得面色如纸，胭脂母女放声大哭，胭脂的母亲更是扑上去就要跟他拼命，把鄂生推搡得倒地发抖，知县一看这种情状，这还用多说吗？看看你这副做贼心虚的样子！当即把案情陈述了一遍，一旁的文书把供状也写好了，递过去就叫鄂生画押伏法。

鄂生这才如梦方醒，大呼冤枉，喊叫着说小人与这小娘子素不相识，怎么就有了不良之心，怎么还敢去杀人！大人明察啊！知县只觉得聒噪，哪个凶犯上来就肯认罪？不都是要抵死狡辩一番，不上刑就没实话，大刑伺候吧！

夹棍板子连环招呼下来，鄂生被打得是两股战战，双泪涟涟，实在吃不住，哆哆嗦嗦拿手指蘸着血在供状上画了押，被投进了大牢。胭脂母女千恩万谢，拜别了知县大人回家去了。

半日之间破了杀人的案子，知县也颇为得意，抓紧时间把案情和供状文书都整理好，催着人去递交给了上级州府。上级济南府的太守姓吴，是个颇为仔细的人，杀人这种大案都是要州府复审的，吴太守仔仔细细看了供状和案子文书，感觉这个鄂生的供述和胭脂母女所述完全一致，这也太严丝合缝了，心里未免有一丝异样，就叫人去下面县里把鄂生提来亲自审问。

那个鄂生在此前的几次审问中每次都遭一顿暴打，

早都被打得见官就哭，这回见了州府的太守，只觉得是走过场，也不多说，就把知县原来给他的供状胡乱说了一遍。吴太守却越发觉察不对劲，这鄂生一看就是个读书人，虽然被关押折磨得形容枯槁，但毕竟年轻，仍留着几分清雅的书生气，实在也太不像是个敢杀人的主儿了。吴太守便安排了一个年老又和气的文书去，和鄂生慢慢聊一回之前的事。

这回鄂生才说，此前每次申诉都被斥责，动辄棍棒相加，实在是有冤难诉，其实他和那个胭脂只见过一面，有一天他路过胭脂家门口，正遇上从前的邻居王氏和胭脂走出门来，因为是旧相识，所以站住脚略点头打了一下招呼就走了，此后再无瓜葛，实在不知道那个胭脂为什么要诬告自己杀了她爹。

王氏？这个人在此前的供状里可从未出现过啊！吴太守心说果然有冤情，幸亏我慧眼如炬。马上下令亲自重审此案，带着人就去了县里。

胭脂母女已经给牛医办了葬礼，就等着那个鄂生开刀问斩以后去坟前报信呢，这会子又被官差提审，母女俩都不知是什么事。到了官府一看，来了更大的官，赶紧跪下，吴太守二话不说，上来就问胭脂，你第一次见到鄂生的时候，是和谁在一起呢？胭脂说没有人，就是我自己。吴太守冷笑一声，把鄂生带上来对质，胭脂看了看被折磨得憔悴不堪的鄂生，心中也有不忍，这才回禀说，当时是和邻居王氏在一起，因为觉得此事与旁人无关，毕竟是要到官府抛头露面的事，不想平白拖累王氏，才一直没有提起。

太守冷冷追问胭脂："只不过是同时出门遇见旁人而已，提起她又何妨？为何一直缄口不语，莫不是与那王氏有什么密谋吗？"

胭脂大惊失色，思忖片刻后才和盘托出，原来那日她遇到鄂生后忍不住多看了几眼，王氏与她打趣，说你如果有意，我去给你撮合，胭脂把这话就当了真，过了几天也没有消息，等王氏再来她家找她闲聊时忍不住旁敲侧击问了一下，那个王氏是个风流泼辣的人，当时就知道胭脂这是打定主意想要与鄂生结好，当下就说她丈夫近日出外做工不在家，等他回来后马上叫他去鄂生家说合。没想到鄂生知道自己心意后竟然不肯找媒人下聘，反而是来强行偷欢，胭脂觉得颜面无光，所以此前才不肯说出这一节。

这段隐情说出来，鄂生在一旁惊得失声大叫："这从何说起！这从何说起！那王氏从未叫她丈夫来找过我呀！"

知县这下也觉得脸上难看了，斥责胭脂瞒报案情，此案看来还有大问题。吴太守喝止住众人，让人把他二人暂押，派人去把王氏提来。那王氏是个二十多岁的少妇，一脸的精明神色，一上堂施施然下拜，问大人提审她所为何事。吴太守面色一沉喝问她："胭脂父亲被杀一案现已查明真凶，你知道是谁吗？"

王氏大吃一惊，急忙说不是鄂生吗，四邻都知道了啊。吴太守又冷哼道："想来你是盼着赶紧把鄂生屈杀了，好替真凶遮掩哪，来人，夹棍伺候！"一说用刑，王氏吓得当即瘫软连连哀告，求大人网开一面，她实在没有遮掩，只是她不知道是谁杀了胭脂父亲啊。吴太守又问："那胭脂对鄂生有意之事，你跟谁说过？"王氏虽不想作答，但血迹斑斑的刑具摆在面前太过惊骇，只能低头回禀，她对自己的情夫——一个名叫宿介的人说过。

原来这个王氏确实曾经与鄂生是邻居，那日看胭脂喜欢鄂生，也想着等自己丈夫回家后去帮胭脂打探一下鄂生的心意，没想到丈夫此次离家许久不归，倒是有一天自己的情人宿介来家里与之私会，她就把此事当闲话讲给了那个宿介。宿介也是一个书生，其实与这个王氏乃是青梅竹马之情，后因王氏父母强横，硬把女儿嫁给了别家，但这二人私下却从不曾断了往来。宿介是个生性放浪的狂生，听说了这事之后心中就起了歹意，胭脂的美名在此地无人不知，他岂有不垂涎的道理，于是生出一个龌龊的"计谋"，第二天夜里就趁着月黑风高潜入胭脂的房间，假称自己是鄂生，想要求欢。

　　胭脂并不曾与鄂生有过交谈，所以听声音也辨别不出来人，当时夜色已深，她都已经躺下入睡了，屋里黑乎乎一团没有烛火，连那人的面目也看不清，但自己只跟王氏表露过心迹，而且王氏也应承了要去找鄂生做媒，如此胭脂自然认为来人就是鄂生。宿介却没想到胭脂虽然有意于鄂生，但私下苟且之事是万万不肯的，厉声呵斥自己，说如真有情意，就该好好找个媒人来下聘，哪有入夜私会的道理，拿自己当什么人了。宿介心中一凛，毕竟也是个读书人，此时再不好用强，只涎皮赖脸地在床边拾起一只绣鞋揣进袖子，说当作定情之物，随后便走了。

　　这宿介出了门也不想回家，自觉没趣，便又去了王氏家，知道王氏丈夫尚在他乡，他也不做提防。宿介与王氏饮酒戏耍，突然一摸袖兜，哎呀，绣鞋不见了！顿时大惊失色，王氏看他魂不守舍，心知有事，便一再追问，宿介就把前去假冒鄂生调戏胭脂的事情说了，王氏虽然埋怨，但此事不宜声张，两个人黑灯瞎火拎着灯笼出门一顿好找，一无所获，只能作罢，只当没有这回事算了。谁料不出两天，就听说牛医被人砍死在家，是鄂生所为，可把王氏吓坏了，百思不解，只能硬撑着假装一无所知。

如今真相大白，原来是这宿介杀了人！竟然还诬陷鄂生，要不是吴太守断案如神，这冤狱铸成铁案，岂不枉杀好人？知县急忙给太守告罪，太守心中得意，一挥手叫人去把宿介擒了来。

王氏上堂的时候，胭脂和鄂生都被押在大堂侧厢，堂上的话听得清清楚楚，这两人四目相对，心中俱是翻江倒海，百味杂陈，鄂生虽然受此不白之冤，此前也深恨胭脂诬告，但此时已知胭脂确实不知情，而一切皆因胭脂对自己一片倾心而起，如今看着悔恨万分、泪落如珠的胭脂，之前的愤恨已经消去大半，生起一阵心酸一阵怜惜。

至于胭脂，此刻的羞愧懊悔就无须多言了，只怪自己在闺中日久识人不明，竟然和王氏做了朋友，还交心与她，谁知竟然招来这场血光之灾。本是一片爱慕之情，现在却把鄂生连累到几乎枉送性命，实在是无地自容。

　　且不说这二人此刻的情状，说回这公堂上，那个狂生宿介已经被捉拿归案，上来就先是一顿板子，打得皮开肉绽，再叫他招供如何行凶杀人，谁知这个狂生嘴巴倒是铁打的一般，死也不认，只认头一桩事，就是他确实去假冒鄂生调戏了胭脂，但并未得手，只拿了人家一只鞋走脱了，后来鞋子丢了，他还担心自己假冒之事败露，岂能再去杀人？万死也不肯认罪。

　　但此时哪里还由得他认不认的，吴太守一声令下就给扔进了死囚牢，整理供状准备结案了。

　　那宿介虽然也只是个秀才，但是在当地却是非常出名的，因为其人虽放浪形骸，屡有不端，但笔下文采斐然，才名遍传四方，如今因为杀人入狱，外面也有心怀疑惑的朋友使了些银子去探监问候。宿介在狱中写了申诉状，托人带出去递交给学使大人。

　　清朝的学使，是掌管一省学政的官员，这个学政制度承自明代，就是每省有自己的学政官，负责本省的文化教育工作，虽然是只管教育而不插手地方民政，但人家那也是朝廷命官，涉及本省读书人的案子，人家也是能跟官府的人直接交涉的。

　　当时这位学使大人看了别人辗转递来的宿介的诉

状，仔细看了又看，当即起身去找吴太守，说案子还是错了，这个宿介没有杀人，你看他当夜离开胭脂家，到王氏家门口敲门时，他记得自己还摸过袖兜，绣鞋当时还在，是进屋后才发现丢了的，如果绣鞋在他身上，他必然不会露出行迹，此事也就不会告知王氏，而牛医被杀时凶徒随身还带着绣鞋，想必是不知从何处知道这些细节的凶徒捡到了那只绣鞋，又来学宿介的伎俩，想要哄骗胭脂的。

吴太守听完学使的分析茅塞顿开，二人立即将王氏押来，追问她将宿介之事又说给谁听了。王氏痛哭流涕，赌咒发誓绝对没有。学使追问王氏，除了宿介，是否还与其他人有染。王氏闻听此言后羞愤无地，在地上把头都磕出血来了，大声哭诉道，她与宿介是青梅竹马，所以才有这种私情，岂能是人尽可夫的！求大人明察，虽然自己看起来风流，但是平日里那些泼皮来求欢，她可从来不曾应允。

说到这里，两位大人同时眼神一亮，追问她还有哪些泼皮来纠缠过。王氏说就是街上那个毛大，不知怎么察觉到她和宿介的私情，就以此为要挟，几次三番登门来骚扰，都被她骂回去了。

官府火速叫人去把毛大抓来，另外还派了三四个人，假装也是被抓来的，几个人一并押送到城隍庙中。学使大人说："如今城中出了桩棘手的案子，我得了神谕（意思就是神仙给他托梦了）——嫌疑人就在你们中间。"

学使只说有案子，却也不告诉他们是什么案子，只说谁犯了案谁心中有数，又说城隍梦授天机，今日会在罪犯后背写字显灵，你们只需听天由命即可，如半个时辰后后背无字，自可离去。随即命这几人脱去上衣，用清水浇湿后背站在墙边。

所有官差全部撤出大殿，只留那几人在殿中呆立。过了半晌，官府众人开门进去，学使叫他们转过身来，大伙儿一看这几个人的后背，一齐哈哈大笑起来，笑罢，学使脸色一变，伸手指着毛大："恶贼！如何杀人的？从实招来！"

难道是城隍真的写字了？哪里用得上城隍显灵，那毛大心中有鬼，深恐真有什么神灵，不由自主就紧贴着墙壁站着，生怕后背被写上什么东西，谁知墙上早都被抹上了白灰，现在几个人中只有他后背粘了一大片，不打自招，这可真是俗话说得好，做贼的心虚，放屁的脸红啊。

毛大经过这半天折腾，心里已然战战兢兢溃不成军，被突然大喝，顿时跪倒，老老实实交代了自己那一夜潜入王氏家的事，本来又是去骚扰王氏，没想到在墙根下听到了宿介向王氏说起假冒鄂生去调戏胭脂，毛大急忙出门一看，那只绣鞋果然是宿介敲门时掉在门口了，他揣进怀里赶紧跑掉，第二天便去了胭脂家，没想到进错了房间被牛医发现，这才出了后面的凶案。

　　如今终于算是真相大白了，知县和太守愧疚此前的错判，百般安抚了鄂生，又以官家做媒，为鄂生和胭脂定下了百年之约。至于其他人等，该杀的毛大杀了，该革去功名的宿介革了，至于王氏，唉，由她去吧。

本回故事：蒲松龄《聊斋志异》之《胭脂》
本回插图：《聊斋全图》第六十四册，清代绘本，奥地利国家图书馆藏

第一三回
失金案

金元宝骤变土坷垃
小县官藏有大隐情

小小一个县衙，哪儿来的好几百锭黄金？咱们朝廷现在这个样子，百废待兴，整个郡府你让我现在掏出来几百锭金子，我都只能去梦里找，他从哪儿得来的？

隔河看见一锭金，山又高来水又深。
有心过河把金子捡，又恐怕王八咬了脚后跟。
舍了罢来舍了罢，外财不富命穷人。
猛虎虽瘦雄心在，君子身贫志不贫。

　　一首俏皮的定场诗，讲的是捡金子的事，刚好咱们这一回的故事讲的也是捡金子。咱们讲过很多古代案件，以凶杀案居多，这一回稍微缓解一下气氛，讲个没那么残忍的小故事。

　　这个故事记录在《太平广记》里，这可是一部了不起的作品，《太平广记》里的故事咱们以前也讲过一个，说的是唐朝太平公主丢东西的案子，但是这个《太平广记》的"太平"和太平公主可一点儿关系也没有，它说的是宋朝第二位皇帝宋太宗即位之后用的第一个年号，叫"太平兴国"，一听就知道皇帝本人对治国理政满怀抱负。宋太宗是一位崇文抑武的皇帝，字面意思就是他抑制过分的武力，推崇文化艺术建设。

他当了皇上后没多久就安排了十几个当朝著名的饱学之士开始鼓捣这个《太平广记》。

它跟咱们提到过的很多古代书籍最大的不一样之处在哪儿呢？这个《太平广记》属于"类书"，什么叫类书？就是资料书，意思是这不是凭空胡编的一套书，这是一套资料，你可以把它简单地理解成一个古代文学数据库，宋代以后有很多很多话本小说、戏剧创作的故事原型都有据可查，其实它们的"据"，就是《太平广记》，可以说《太平广记》是宋代以后中国古典文学和戏剧创作的一个最重要的素材库，了不起啊。

所以这个《太平广记》本身就是一个纪实类作品的总集，本身的引用考据就非常浩繁，几乎把汉代到宋太宗时期能找到出处的小说全给整理好了，而且它作为一个数据库，分类工作做得极其细致，上到神仙，下至牛马，中有人间百业百态，拢共分出来一百多个小类别，全书五百卷，称它个"宝典"也不为过。

好了，言归正传，这个故事我们给它起个小名字，就叫"失金案"吧，顾名思义，就是丢了金子的案子。案子发生在唐朝，按原文推算大概是在唐肃宗时期，唐肃宗是咱们古代历史上第一个在京师以外的地方登基的皇上，也就是说，没在正经皇城里登基，这是为啥呢？因为他是唐玄宗李隆基的儿子。安史之乱，他爹从京师跑出去了，他也在外面平乱。此事发生在凤翔一带，也就是今天陕西宝鸡市那片。此地名以前不叫凤翔，本叫扶风郡，是这个唐肃宗在那里驻军的时候给改的名字，"凤鸣岐山"，凤飞于此，取个好彩头。

当时唐肃宗安排镇守凤翔的官员名字叫李勉，这位李大人有一天接到下属的禀报，说有个下辖的小县里的县官犯下了贪污重罪，贪污的数目巨大，足足二百五十多锭黄金。

黄金可不是白银，一两都了不得了，竟然还敢贪污好几百锭？这什么县官敢如此大胆？李勉一听就火冒三丈，转念一想，不对啊，小小一个县衙，哪儿来的好几百锭黄金？咱们朝廷现在这个样子，百废待兴，整个郡府你让我现在掏出来几百锭金子，我都只能去梦里找，他从哪儿得来的？

下属赶紧回话，原来这金子并非县衙本身所有，是县上两个农夫前几天下地干活的时候意外所得。两个农夫在地里锄草，锄头挖得深了些，一下子碰到了什么坚硬之物，本来以为是有石头瓦砾之类的，想着翻出来丢掉，没想到越挖越不对劲，似乎是个硕大的坛子，两个人这下不敢挥锄头了，小心刨土忙活了半天，终于从地底下挖出来一个大坛子，油纸麻布一层层把坛口封得严严实实，两个人小心扒开一看，好家伙，金光灿烂，夺人双目，满满一坛的金子啊。

两个农夫是老实人，若是捡到个碎银子什么的，悄悄收起来也就罢了，这偌大一坛金锭，可不敢私藏，万一被人知道了去官府揭发，这是杀头的罪过。二人赶紧找了麻绳把坛子捆好，抬着就去给地方官报信。

这可是天大的喜事，先是报给了里正（里正是古代基层官职，负责管理户口和纳税等）。里正高兴得一蹦三丈高：这是我的政绩呀！快给我放这儿，你们俩看好了，我亲自去报喜。里正火速跑去报告乡官。乡官一蹦三丈高：这是我的政绩呀！领着一群人跑去告诉了县官。县官不用说了，也蹦了三丈高，天降政绩呀！

这么大的喜事迅速传开来，几级小官吏凑成了一支浩浩荡荡的队伍冲到里正家里，一群人簇拥着县官，大家屏气凝神打开了坛子，一阵惊呼声哗然而起，好大一坛金子！

县官叫两个手脚轻快的官差慢慢把金锭取出来，众人齐声报数，足有二百五十多个，县官赶紧让人把坛子原样放回，大声宣布这可是咱们给朝廷做的巨大贡献，等我上报州府，到时候人人有功！众人都喜不自胜。

奇怪的是，县官说这么多金子放在官府的库房里恐怕不安全，在文书送达州府、州府再派人下来取的这段时间里，这坛金子应该放在自己家里，县官家里才是这片地界上最保险的地方，众人也觉得有理，喜气洋洋把那坛金子抬到了县官家。

州府收到文书后当然很高兴了，马上派人去查验收货，谁知道到了县官家里把那坛子打开，却只有一坛子泥块。

这不是县官贪污是什么！

要知道前一天打开坛子的时候大家伙儿可都在场啊，州府的官差脸色马上就变了，县官更不用提，差点儿疯了，抱着坛子歇斯底里："怎么回事？金子呢？我一下也没有动过啊！家里进贼了，肯定是家里进贼了！"

州府官差一脸的莫衷一是，拱拱手说大人您别骗人了，这是罪证，这坛子是罪证。县官五雷轰顶，什么证？罪证？谁的罪？谁犯罪了？官差嘟嘟囔囔道："难道还是下官的罪过不成？"也不多话，带着一群人就回州府了。

堂堂州府哪能让你这么糊弄啊？跟我变戏法取乐呢？因为事关重大，一是金子数目巨大，二是这个事情是官僚体系内部人士有嫌疑，所以州府马上当成大案要案来办，不只是派了官员下去，还带了一队士兵跟着，这一看就是要大动干戈了。

州府的官员到了县里，先把县官审了一通，县官痛哭流涕，说自己自从把那坛金子搬回家，时刻悬心，连打开都舍不得，别说更换了，已经上报州府的东西自己怎么敢更换？再者说了，就是有那个贼心也没那个贼胆，说出大天去我偷上两三个——转念一想不对，两三个我也不敢偷啊，那天大伙儿都围着数的数目，我怎么敢动啊！

官员又把当天在场的人全部带到衙门，逐一单独审问，从挖出金子的农夫到里正、乡官，所有人的口供都一模一样：如何挖出、如何上报、县官带着大家如何点验，最后县官说放在自己府上比放库房更安全。好几个人都表示了自己当时也不太理解为何县官大人非要放在自己家里，如今出了这样的事，实在让人惊诧，没想到大人这胆子竟然如此之大……言下之意就是我们都觉得就是县官监守自盗了，只是不敢说得更明白。

州府的官差也不能擅自对朝廷命官用刑，只好先指挥衙役和兵丁们把县官家里翻了个底朝天，虽然明知不可能把那么大量的黄金藏在眼皮子底下，但还是想要找见点儿蛛丝马迹，结果一无所获，只能空手而返。倒是也不算空手，把县官带回州府了。

下辖的县官犯了案子，州府也不能轻视，赶紧写了文书递交上去，这就交到了当地最高级别官员李勉大人手里。李勉看完来龙去脉，心里又是恼火又是可笑，恼的是堂堂县令知法犯法，笑的是人贪婪起来真的好似猪油蒙了心，你都上报过的金子，竟然还是忍不住要伸出脏手，岂有不败露的道理。随手批了文书，就把县官下了狱，至于那二百多锭黄金，一边派官差查找，一边继续审问县官，总得有个下落。

这事情过去没两天，李勉去同僚家里赴宴，席间都是官场中人，说起前两天这个案子，纷纷讥笑那个县官财令智昏，还有那擅长阿谀之事的，忙着把口风转到吹捧李勉公正廉明上来。

同座中有一个叫袁滋的人，也是个大官，别人都在喧哗吵闹着谈论这个事情，就他一言不发，皱眉低头好像在想什么事情。李勉一向很敬重袁滋，正美滋滋听着别人吹捧自己呢，一抬头看见袁滋一脸的凝重，马上探身询问："袁大人怎么满面不悦？莫非这个犯案的县令与大人是旧相识？"

袁滋赶紧说没有没有，素昧平生，我连他名字都是今日第一次听到呢。李勉说那就奇怪了，您不觉得此人可笑可恶吗？怎么一脸的忧虑，我以为是您故人，还想着这可有些棘手了。

袁滋看着李勉，说："李大人啊，我听了诸位说这个案情，仔细想了又想，觉得您可能是错判了，这个县令说的应该是实话，他确实没有偷盗金子。"此言一出满座的人都静了下来，虽然这个稀里糊涂的案子座中肯定也有心存疑窦的人，但毕竟身在官场中，大家论资排辈习惯了，比不得袁滋位高权重，他说出来比较有分量。

果然袁滋说完李勉立即询问他的看法，并没有一丝羞恼，毕竟李勉是个公正的人。袁滋说他现在只是隐隐觉得此事大有蹊跷，但没有亲自查证之前也不方便妄下定论。大家伙此时都来了兴致，一致建言李勉，说您就把文书暂押，先让袁大人亲自复审一遍吧，那失物不是还没有下落吗？说不定袁大人连捉贼带拿赃，一并办了。

李勉从善如流，马上委托袁滋明日就亲自审理此案，他也想知道个究竟。第二天，袁滋带着些兵丁官差就到了县里，把当天参与的那群人又都给叫了回来，一起去了县官家。那一坛子泥块还在原地，袁滋当着众人的面又问了两个农夫一遍："这是你们当时挖出来的那个坛子吗？"农夫说："是的，没错，大人您看，这坛口旁边有一块缺损，这还是我当时第一锄头下去给砸掉的，我看得真真切切。"

好的，坛子没有问题。随即袁滋让人把坛子里的泥块一个一个掏出来摆在地上，倒也有趣，竟然全都是金锭模样。袁滋叫那些人仔细看看，当时坛子里的金锭的形状和这些泥块一样吗？众人异口同声："没错！一样的！我们哪儿见过那么多金锭啊？看一回这辈子都忘不了！"

好，金锭的形状也没有问题。袁滋又让众人一起把泥块数了一遍，问大伙儿数目和当日的金锭有出入没有，众人齐刷刷摇头："没有，一模一样。"

问到此处，人群中有人发出惊叹声："县官大人太仔细了，为了偷金子可没少花工夫呀！"众人憋不住一起哄笑起来，有人说："那么多金子，要是给我的话这工夫我也肯花。"

袁滋说："今日就先查验到这里，各位暂且回家

吧，随后案子有需要的话我再来请各位协同。"众人
一看这位大官如此谦逊，都觉得面上有光，纷纷作揖
告别。

回到州府一看，李勉和昨天一起饮酒的众位同僚
都到了，大家都迫不及待等着袁滋的审案情况。袁滋
今天可比昨日坚定多了，直接就说："判错了，那县官
绝不是贼。"

袁滋给大家分析道："你们看，前一天挖出来金
子，第二天州府去拿的时候就变成了泥块，也就是说，
当天夜里这个县令就必须干好几件事：首先他得找一
大摊黄泥，这个肯定有人说不难，从院子里花圃中挖
取一块就是了，我已经派了人仔细查看，他家院里院
外并无一丝翻土的痕迹，或许有人认为他可以从远处
运些泥土来，这个暂且存疑；然后他有了黄泥，需得
把泥照那些金锭的模样捏出来，二百五十多个，又费
体力又费精神，顾得上速度就顾不上样子，可我看了
那些泥锭，个个颇为匀称，而且都不是湿泥，你说他
一夜之间如何风干这些泥锭呢？还有一桩，那个坛子
并不是什么稀罕物，他如要调包，干脆把金子直接抬
走，随便再弄一个坛子来放些泥块就行了，做这个样
子有何目的呢？反正一打开必定是要露馅儿的。"

　　说到此处，几乎所有人都已经对先前的判断表示怀疑了。袁滋分析得头头是道呀，就算那县令真的是要装神弄鬼假装有人调包，这么多活，他这一夜可干不完呀，再者说了，干完这些还得藏金子呢，如此忙乱，怎么可能不露出马脚？

　　李勉这时也确定县令是被冤枉的了，忍不住追问袁滋："那袁大人对金子的去向可有看法了吗？"袁滋微微一笑，说："我心中大概有数，只是需要一番查证，这事办起来还得大人出面。"

　　袁滋要办的事确实需要李勉出面，他要干吗？要借金子。寻常人家哪里有多少金子，他说他需要数百斤的金子，用完就还，只能由官府出面去向州府里的商贾富户们借。李勉马上派人去办，给人家愿意出借的富商们都写了官府的借据。借到大量的金子的同时，袁滋叫人找了一家官办的熔铸铺子，按照从县令家里取来的泥锭做好了模具，把那些金子熔铸成模具的样子，一共做出来二百五十多个金锭。

　　这些事办妥以后，事件中的所有参与者又被集合起来，这次连同李勉以及一群好奇心已经按捺不住的官员，全部到场了。袁滋举着金锭问众人："当天看见的金子是不是长这样？"众人沸腾："正是正是！哎呀，大人这是从哪儿找见的，大人神了呀！"袁滋哈哈大笑说："不是，这是我从别处借来的道具，咱们大伙儿都来做个见证，还人家县令个清白。"

众人还没有反应过来怎么回事的时候，有兵丁已经抬来了一个大秤，把那个坛子清空后开始往里面放金锭，放一会儿就上秤看看分量，金锭刚放到一半，已经超过了三百斤，此时人群中已经有人脸上露出一些恍然大悟的神情了，又放了一部分金锭后，袁滋叫人拿绳索把坛子捆在扁担上，招呼那两个挖到金子的农夫来抬一抬。

两个农夫喊着号子铆足了劲，才把那坛子抬起来。

这时大伙儿全都明白了，那坛子中本来就不可能是二百五十多个真金锭啊！两个农夫当天抬着那坛子健步如飞去了里正那里报喜，如果是金子的话，按这个形状数目算下来，得有六百多斤，怎么可能！

为表慎重，大家又把泥锭全部放回去让两个农夫试了试，二人惊讶得大喊大叫："哎呀哎呀，就是这个分量！"

原来，这坛子里封着的本来就是一坛泥锭，只是古人用金漆粉刷过了，刚一打开看上去金光灿烂，大家被晃得目眩神迷，谁也没有留意重量问题，那金漆封在坛中埋在地下尚可维持颜色，被翻出来后几番摆弄飞速氧化褪去，变回了泥锭的本色。

可惜古人没太弄清楚这些化学原理，虽然真相大白，但大家也纷传这是神鬼捉弄。同样的故事后世多有传说，流传有各种版本，不过作为"文学数据库"的《太平广记》里记载的这一则，大概算得上是金子变土、银子变泥此类故事的大树之根吧。

本回故事:《太平广记》第一百七十一卷"精察"

今夜拍案惊奇

第一四回
盗宝案

最快大反转原告变被告
知县巧捉贼写字测人心

这可把唐知县给难住了，怎么还有
这种人？你说京存质和柳生老婆通
奸，你该告诉柳生啊，人家当事
人都没有来告状，你告的这叫个
什么状？

劝莫贪，劝莫妄，劝人休把良心丧。
问佛何解贪嗔苦，佛曰当头给一棒。

　　咱们已经提过很多部古代小说了，几乎部部如雷贯耳，什么《太平广记》《聊斋志异》，还有"三言二拍"，全是古典文学的高峰，各有奇峻。不知道有没有朋友注意到，咱们曾经也提到过一个不那么出名的作品，叫《皇明诸司公案》，起码是没有刚才提到的那些作品出名，这一回咱们就好好说一下这部书。

　　《皇明诸司公案》是什么文学界的沧海遗珠吗？有什么鲜为人知的艺术价值吗？没有。不但没有，反而还被不少学者直接指出过，说这本书的文笔实在不怎么样，那咱们为什么要郑重其事地说起它呢？因为它虽然文笔一般，但故事性很强。这部书的作者叫余象斗，余象斗是个什么人呢？他的文学造诣虽然乏善可陈，但也有个小说家的身份，而且实际上这个人最厉害的身份是书坊主，我们可以简单理解为是古代的出版人。

余象斗作为书坊主的成就，对后世影响很大，现存最早、最完整的简本《水浒传》，就是他刊刻印刷的，他还刊刻了《三国志传》，是《三国演义》的重要版本。别的不说，就只从这两部书在当时的广泛传播和后世的研究价值来讲，余象斗的贡献都是非常大的。

但当时的余象斗能把自己的书坊运作到业界高位，可不仅仅是靠这两本书，那么他刊刻最多的是什么呢？是一些科举考试的参考书，你想想这得多挣钱，对不对？可见这个人的商业思维和运作能力都是一流的，据说还特别擅长营销，他编撰刊刻的小说包括他自己写的小说，那都是面向最多数的普通老百姓的，以故事性取胜，所以搞出来很多当时的畅销书，堪称营销奇才。

这个余象斗特别有意思，他年轻的时候也苦读科举资料，是要考取功名的，但是他在读书方面好像不是很开窍，但这不要紧，他命好啊，生在一个字面意义上的"书香门第"，什么叫字面意义？就是他们家确实满是书香，但他们不读书，而是印书。

余象斗生在福建建安，这是什么地方？这是从北宋就开始兴盛的雕版印刷重镇。余象斗是明朝人，大概是出生在明朝嘉靖年间，青年时期就进入了万历年，皇朝几易其主，但建安的印刷业一直在发展，余象斗生在当地一个书业世家，年纪轻轻就继承家业，编书印书去了，而且毕竟天天跟书打交道，他还很喜欢写一些书评，很得意于自己的批评家身份，自己一个人，编撰、批评、刊刻、发行都做了，够厉害了吧？这还不行，还很爱亲自执笔，《皇明诸司公案》就是他写的一部短篇公案小说集。反正人家自己是书坊主，写了就刊刻出来，一条龙产业链，名利兼收。

说到这儿，不得不提这位身上的一个大标签了：双标。他自己写书、印书，义正词严地指责市场上的盗版书，但是他编撰写作的那些作品呢，用一位学界研究者的话说，就是放胆明抢！说他对别人的作品放胆明抢，不仅是出版界的大佬，也是抄袭界的先驱。

就这么一个人，我们还得感谢他，感谢他留下的那些珍贵的古本资料，也谢谢他这本《皇明诸司公案》，虽然这里边有一些东西也已经被人指出是这位"文抄公"放胆明抢来的，但是还是谢谢"文抄公"做的整理工作吧。咱们接着说说故事，让大伙儿听个乐。

这一回的小故事来自《皇明诸司公案》中的"盗贼类"，就是抓贼的小事，但是破案的过程非常有趣。事情发生在浙江德清县，县里的知县姓唐，是个勤勉的县官，天天上堂办公很认真，凡是报到县衙的本地事务，无不躬亲办理，在当地很有民望，所以当地人也很依赖县衙，有个什么邻里纠纷、乡亲矛盾，都喜欢去县衙求唐知县处理。

这天县衙里来了一个本县的县民告状，此人自称缪夺，状告本县一个叫京存质的人。唐知县说你告他什么？状纸何在啊？缪夺说因为事情匆忙，来不及找人写状子了，只能口头相告。

唐知县一听事情匆忙，担心是什么伤人性命的大事，赶紧让缪夺就这么说吧，不用状纸了。结果缪夺一拱手，说："大人，我状告那个京存质与有夫之妇通奸。"

唐知县一听恍然大悟了，想必是那个京存质和缪夺的老婆通奸，被缪夺抓了现行，这种羞愤之事确实令人气恼，一时间肯定顾不上写什么状纸，好在这个缪夺看起来还算冷静，应该是没闹出什么你死我活的糊涂事来。想到此处唐知县不免对缪夺心生一丝怜悯，这事摊谁头上都难受，于是温言安抚了他一句："这也不是天大的事，总过得去的。"

谁知道缪夺当时就急了："如何不是天大的事！这说明京存质此人人品卑劣无比！既然能与人通奸，还有什么事情他做不出来？！这就是个天杀的狗东西！"

缪夺的话把唐知县吓了一跳："好好好，我知道你心中难过，不要气恼，他与你老婆在何时何地通奸，你怎么抓住的？他二人现在何处啊？你不会已经把他们……哎呀，可不能杀人呀！"

缪夺一脸迷茫："我老婆？我老婆好好地在家中呢。哎呀，大人你误会了，京存质不是和我老婆通奸，否则我还不宰了他！他是和城西柳生的老婆通奸，不留神被我撞破了行迹，这厮还想给我些钱买我的人品，担心我说出去，我岂能做那种事！这才来相告。"

这可把唐知县给难住了，怎么还有这种人？你说京存质和柳生老婆通奸，你该告诉柳生啊，人家当事人都没有来告状，你告的这叫个什么状？缪夺愤愤不平道："那个柳生也忒窝囊，我将此事告知与他，谁知道他竟无动于衷，也不与那京存质拼命，也不来求官府拿人，竟装作没事人一样！"

听到这里唐知县觉得有点儿不对劲了，沉吟了片刻，说："这种奸情案件啊，要是人家事主不追究，我们官府不能凭你一面之词去拿人，虽然你一腔义愤，但这件事恐怕也只能先这样了，你也消消气，先假装没这回事吧，说不定过几天柳生自己来告，我们就去查办，到时候再请你来做人证，好吧？回去吧！"

缪夺愤愤不平，却也无可奈何，只能回去了。他走了之后唐知县和两边的衙役们哭笑不得，这个人也太有趣了，人家老婆红杏出墙，倒像是绿帽子戴到了他头上一般，你看给他气的，这从何说起呢？正在说笑，又有人来告状，唐知县叫人带上来。

这次来的这个倒是规规矩矩，带了状纸来，状纸呈上去后自报家门，说他叫京存质，是代本家老爷来告状的。

唐知县还没仔细看状纸呢，一听来人的名字，霍地把头抬起来仔细打量，问道："你叫什么？"堂下来人说我叫京存质，是蔡老爷家的管家。

蔡老爷是当地一个乡官，家里算是本地富绅，县衙众人没有不知道的，但这个京存质，不就是刚才走了的那个缪夺要告的人吗？大堂上的衙役们忍不住上下打量京存质，互相递起了眼色。

唐知县也觉得太神奇了，这叫什么事？我赶紧看看你这个状子。不看不打紧，一看忍不住都惊呼出来了："咦？蔡老爷状告的这个人，叫缪夺？"

这一下满堂哗然，衙役们都顾不得肃静了，忍不住交头接耳起来。京存质直起身子说："正是，我家老爷状告那个缪夺行窃，偷了我家贵重的金酒杯银餐盘，请大人去他家搜寻赃物，捉拿此贼。"

这是怎么回事呢？唐知县也不看状纸了，让京存质把事情经过细细说来。

原来前些天的时候蔡老爷家里办家宴，请了自己亲家来，两家都是当地富绅，家宴办得很是隆重，两边的仆役下人忙活了好几天。家宴结束第三天，没想到又有外客要来访，蔡老爷也不能不招待啊，他本就是个好客爱面子的人，就叫下人们把刚收拾好的杯盘台盏都再拿出来，再办一遍家宴。

家里餐厨用品当然是很多了，但是其中有一套金银台盏，那可是贵重物品，平常都放在库房小橱柜里，取用时只有管家京存质亲自去拿，这回再去拿的时候可把京存质吓得不轻，那一套东西竟然不见了！

京存质赶紧去回禀蔡老爷，蔡老爷勃然大怒，怀疑是京存质监守自盗，把京存质急得豆大的汗珠子直往外冒，说："老爷啊，我这个人就算是有千般不是万般孬，手脚是干净的！对老爷和家里是忠心耿耿，在咱们家这么多年了，我要偷东西早都偷了，何必等到现在！"

蔡老爷冷静下来一想：也是，自己多年的管家，自己倒是也知道他的底细，不至于没头没脑地突然偷窃啊。只能叫京存质好好想想前几天收拾的时候是不是放进柜子里了。

京存质左思右想，终于和蔡老爷捋明白了这个事情。当天宴席收拾完后，他确实亲手把那一套台盏放回去了，当时还特意数了数，六个金杯子、六个银盘子，放进了柜子的最里面，但是他没有马上锁柜子，而是又从库房出去到院子里，收回来几个也挺贵重的瓷器，回来后搁进小柜才上了锁，想必就是被人钻了这个空当，偷走了那套金银台盏。

他还想起来另一桩事，宴席后第二天早上，他在自家院子里撞见同乡的缪夺，满脸慌张神色，他当时刚刚早起迷迷糊糊，顺嘴问缪夺这么早来我家何事，缪夺说家里无米下炊，想来问蔡老爷借些米，没想到来得太早，大家伙儿都还没起来呢，不好意思了，先行告辞。

缪夺走后，京存质仔细回想了一下，不对呀，自己适才把宅院大门打开，他什么时候进来的呢？如今想来，应该是这个缪夺昨夜就溜进来行窃，结果晚上宅门上闩，他出不去了，在院中藏了一夜，一早才急急忙忙溜走，没想到被自己撞上了，顺嘴胡诌了个借口。

蔡老爷虽然觉得京存质分析得有理，但是毕竟乡里乡亲，又没有当场抓住现行，不好上门去索还失物，再说了，万一不是那么回事呢？且不要声张丢东西的事，悄悄观察几天这个缪夺。

京存质派了好几个人去盯着缪夺，过了四五日，果然有人来报，说不对劲，这厮今天在市场买了好些酒肉回家去了。京存质就去跟蔡老爷说了，您看，他前几日还说来借米，今天竟然就有钱买酒肉了，若不是把偷去的台盏卖了，他哪里得来的钱？

如果是卖赃物，那买家也是攻守同盟，必定不能说实话，去找买家也是无益，蔡老爷想了想，就直接把缪夺叫到家里来了，说我知道你偷拿了我的台盏，想必你也是家贫，没有办法了一时糊涂，这样吧，你把我的台盏给我还回来，我给你几两银子，这事我绝不再追究。缪夺哪里肯认，当时就叫嚷起来，说蔡老爷仗势欺人冤枉良民，闹得蔡老爷很是烦躁。

既然对方不认，那不想见官也得见官了，所以今天蔡老爷才让京存质来递交状纸。

　　唐知县听完来龙去脉，心里其实已经偏向京存质这方的说辞了。如此看来，那个缪夺来告京存质，其实就是想先下手为强，给知县留个印象，说京存质此人人品卑劣绝不可信，这样京存质来告自己的时候老爷说不定直接就给叉出去了。

　　心里把这个案子捋了一遍，唐知县跟京存质说："既然如此呢，我现在就派人把缪夺叫来你们先对质一下，但是本官也得提醒你个事，人家缪夺此前已经来告过你一状了，说你与有夫之妇通奸，虽然不是本主告状，本官没有受理，但是本官现在也不得不怀疑你是不是因为这件事被缪夺撞破而怀恨在心，如今找个由头来栽赃，所以你们先当堂对质吧。"

　　没想到缪夺竟然已经来过，说的还是自己这桩隐秘私情，这把京存质打了个措手不及，又怒又惭，脸皮都涨红了。说话间官差已经把缪夺叫来了县衙，这回看上去倒是一副胜券在握的神情，上来之后县官刚说了几句人家来告他偷窃的话，他马上叫嚷起来："大人你看吧！这就是被我撞破奸情后想封我的嘴我不答应，他就报复我呀！好好的我怎么会去他家偷东西？！大人不信可以派人去我家里翻，看有没有那什么金杯子银盘子！问问我老婆，我缪夺是那种偷鸡摸狗的人吗？"

唐知县心想你既然都这样说了，那就算台盏是你偷的，此刻肯定也不能藏在家中了，何况你老婆怎么会告发你呢？买回去的酒肉可不就是你们两口子吃喝掉了？心里虽然这样想，但唐知县此时早都想好了一个妙计，等缪夺叫嚷个差不多了，他说此事事关重大，那些台盏所值也不是小钱，所以你这个嫌疑暂时洗不掉，但是我也只能关押你三天，这案子三天之内我猜自有神灵相助，说到此处招招手叫缪夺："你过来。"

缪夺懵懵懂懂走到前面，唐知县让他平举双手，拿起毛笔在他两个手心写了字，一边写着"金杯"，一边写了"银盘"，所有人都不知道这是何意。唐知县说你们有所不知，我自幼得到过高人传技，略通一些鬼神之术，你手上的字如果三日后还在，那你便是清白的，若三日后消退，那必定是贼。

缪夺吓得赶紧把手伸得直直的，被衙役带下去了。京存质虽然对这个法子满心疑虑，但知县叫他三天后再来，他也只能先回去。

三日之后，县老爷又升堂，京存质早早带着几个下人来了县衙，却看见衙役们把缪夺老婆带上堂了，京存质以为案子已经破了，忍不住面露喜色。谁知道唐知县上来问缪夺老婆是否知道缪夺偷窃，家里近日买酒肉的钱是不是用赃物换来的。那缪夺老婆杀猪一般干号起来，无非是大呼冤枉，说自家男人从不干那些偷鸡摸狗的事，家里钱都是清清白白做工挣得的。气得京存质差点儿破口大骂：你公婆俩懒得如猪一般，做什么工！

唐知县也不着恼，摆摆手让众人肃静，正色跟缪夺老婆说，这几天缪夺在狱中已经招认了罪行，如今你却不认，只能同罪论处了。缪夺老婆蛮横得很，说不可能，若真招认了，您叫他上堂来说，不必如此唬我。

唐知县说："好，我审问他时，你不得出声。"于是叫衙役把缪夺带上来，却不让带到大堂，只带到偏厢。缪夺得意扬扬举着手就来了，知县在堂上大喝："缪夺到了吗？"缪夺在偏厢大声回应："到了！"知县又问："金杯还在吗？"缪夺看看手掌上的字，声音里都带着喜气回应说："还在！"知县再问："银盘呢？"缪夺更大声了："都在！"

此刻缪夺老婆突然暴怒起来，也顾不上知县不让她出声了，站起来就大骂："天杀的死冤家！那日你都卖掉一个了，如何还能都在？！"

　　这下除了缪夺被惊得呆若木鸡之外，所有人都哈哈大笑起来，整个大堂上如刚看过一出滑稽戏一般，笑声不绝于耳。这公婆俩在唐知县的妙计之下不打自招，丑态实在可笑。

　　果如唐知县所料，那剩下的六个金杯五个银盘，早都让缪夺偷偷藏在了外面隐秘处，这下当堂露馅儿，只能灰溜溜领着衙役去取来了。至于京存质，经此一事后，据说人品倒也比从前庄重了许多，蔡老爷打趣说："这一大半功劳是唐知县的，另有一小半功劳，倒得算在那缪夺的头上。"

本回故事：余象斗《皇明诸司公案》之"盗贼类"

今夜拍案惊奇

第一五回
骗害案

穷男富女对簿公堂
知心狱友极限操作

高小姐心知夏公子肯定是连
二百两也拿不出的，但是为
什么答应了父亲呢？因为她
拿得出。

世人观戏喜仓皇，度日唯恐生跌宕。
势利棒下鸳鸯苦，颠顷案头冤情忙。
今笑他年历历事，谁晓来日尘飞扬。

　　上一回咱们聊到了明朝著名的书坊主余象斗，这
个人很厉害，刊刻印刷了很多流传甚广的小说，为古
代文学的普及做了很大贡献。当然余象斗最原始的出
发点大概还是经商赚钱，能为后世留下珍贵的资料，
这也不是他能预计到的。

　　先前咱们就说了这个余象斗是个商业奇才、营销
大师，对于什么书比较容易成为畅销书，他的判断力
非常惊人，所以才能把事业越办越大，然后他自己也
写点儿书，那就更不用说了，提笔的那一刻就是奔着
上畅销书排行榜去的，咱们之前讲到的《皇明诸司公
案》，里面就全部都是断案类的小故事，这种故事无论
在哪朝哪代都是非常有市场的，但是《皇明诸司公案》

并不是余象斗亲自撰写的第一部小说作品，他有据可查的第一部作品叫《廉明公案》，全称叫《皇明诸司廉明奇判公案》，听名字就知道和《皇明诸司公案》是同类的断案类故事集，事实上《皇明诸司公案》的另一个名字叫《续廉明公案》，它们是一个系列。

由此可见，余象斗的第一部作品在商业上应该很成功，不然也不能急吼吼地马上就出了续集对吧？但是《廉明公案》的文学性其实很差，因为主要是为了讲故事，这可是余象斗费了好大劲从各处搜罗来的一个案件汇总集，所以咱们拿它当个资源库的话，倒是很方便。

这一回的故事在《廉明公案》里属于"骗害类"，就是指诈骗，还附带暴力犯罪，这种性质太恶劣了，骗人得用脑力，肉体伤害得用到体力，这类罪犯可以说是脑体结合、全力以赴地害人了，实在可恶。

故事说的是明朝的浙江宁波府定海县，有两个人都在京城做官，一个姓夏，一个姓高，两人既是同乡又是同僚，交情深厚自不比旁人。

夏大人和高大人两家在京多年，两家的夫人也多有走动，彼此亲密，后来竟然前后脚怀有身孕，两位大人的欢喜之情就无须多言了。因为本来就是好友，如今又要同期升任父亲，两人欢欢喜喜订下盟约：如果二人同时得子或是得女，那就使其结为异姓兄弟或姐妹，互拜对方父母为干亲；若是两家生得一男一女，那自然就要指腹为婚了。

没多久两家夫人临盆，夏大人家生了一男孩，高大人家喜得一娇女，两家都喜不自胜，先前的连理之约这可就要真的定下来了。夏大人是个清贫的官员，好在家中有一对祖传的金钗一直珍重收藏，此刻就拿出来送给高大人家做定礼，高大人自然要回礼以作为信物，就送回来一副翠玉发簪，这桩喜事就算定下来了。消息传回老家，各自亲友无不称羡。

天有不测风云，没多久夏大人偶染风疾，没想到久治不愈，竟撒手尘寰，留下一对孤儿寡母。前面说了，这个夏大人是个清贫官员，家中并无什么余钱，身后事一并都由高大人出资，安排了人手扶着灵柩送回了老家安葬。

夏大人的幼子也就随着母亲回到了定海老家，在母亲教导下早早开始苦读圣贤书，为了今后求取功名。过了些年高大人也辞官回乡，但高家可跟夏家不同，高大人本身家资颇丰，这些年做官也捞了些老本，正儿八经是衣锦还乡了。

少了夏大人的夏家和回乡后很快成为当地望族的高家仍一直有往来，毕竟是亲家嘛，但是日子久了，街坊四邻都看出来了，高大人不太想搭理这个穷亲家了。

屋漏偏逢连夜雨，船破又遇顶头风。夏大人的夫人回乡后操持家务照顾儿子劳累过度，身子一年不如一年，在夏公子十四五岁时终于抱憾而亡，追随亡夫去了，留下个孤苦伶仃的夏公子，守着薄薄家产凄惶度日。好在这位夏公子家贫志不短，在学业上极有天赋，十六岁时参加县试就得了案首。

县试就是古代科举制度的初试阶段，相当于科举考试的资格考试。案首是什么？书案的案，首领的首，案首，就是第一名。可见夏公子要是照这个路子考下去，金榜题名也是指日可待的事情。

既然有了这样的喜事做底气，夏公子就忍不住想起自己的婚事了。古人常说要"修身齐家治国"嘛，修身他觉得自己修得还行，学问也还行，科举之路第一步就走得大步流星，接下来就该齐家了，所以托人找了个本乡的媒人，诚诚恳恳地去高大人家提亲。

说到这儿，大家都能想到接下来的事了，那肯定是高大人悔婚嘛！怎么可能不悔？就算你考了个县试第一名，那又怎么样？离考中状元还有十万八千里路呢，谁知道你会不会卡在中间某一步？再者说了，你看看你家现在那个情况，你父亲在的时候再清贫，那也是个京官呀，到了你这儿，你瞅瞅你，三天里有两天吃稀的，我女儿嫁给你难不成要陪着你餐风饮露去？

但是这种嫌贫爱富的话哪能直接说出口？说出来的那都是拐了山路十八弯的话。媒人回来后说："公子啊，人家高大人说了，定好的婚事当然不能反悔，但当初你父亲跟人家结亲的时候也说好了，下聘礼需要五百两银子的礼钱，不然的话两家面上无光。"媒人看看夏公子目瞪口呆的样子，忍不住说了点儿实在话："夏公子啊，我看人家是反悔了，你不如自己提出来退亲，不但脸面上好看，还能得一些退回来的定礼，也好养活自己啊。"

讲到此处难免有人嘀咕，这种嫌贫爱富、悔婚弃约的故事跟咱们前面说的"骗害类"案件有什么关系？有的，马上就有了。

夏公子被拐着弯地拒婚之后，却也没有去提退亲的事，两家你不提我不急，就这么尴尴尬尬地各自过日子。但是这种日子哪能长久呢？没过上十天，当地官府就知道这事了。县里的两家人订婚悔婚，怎么还能惊动官府呢？因为高大人亲自来报案告状了，说夏公子图财害命，打死了他们家一个丫鬟。

这话从何说起呢？家里出了人命，这时的高大人也顾不得家门脸面了，仔仔细细说了来龙去脉。原来高大人悔婚的事让家人知道后，高夫人还没太生气呢，高小姐先不乐意了。这位高小姐虽然从小在高门大户里娇生惯养，但是品性高洁。高小姐说："爹爹你这是怎么做人呢？嫌贫爱富岂是道德人家所为？再者说了，我虽在闺中，也对夏公子勤勉好学的事略有耳闻，你怎么能只凭一时贫富如此羞辱于他？这岂不是连当日订婚的自己也一并羞辱了？"

高大人虽然脸上挂不住，但是也不肯就此作罢，父女俩争吵了好几回，终于在高夫人的居中调停下达成了一个双方都认可的条件，这个聘礼也别要五百两了，就二百两吧，他要能拿出二百两银子来，也算他诚心求亲，这婚事就可以定下来。

高小姐心知夏公子肯定是连二百两也拿不出的，但是为什么答应了父亲呢？因为她拿得出。高小姐私下叫自己的小丫鬟去给夏公子传话，说我爹爹已经愿意退让一步，你拿二百两银子的聘礼来就行了，我知道你现在艰难，但是好男儿志存高远，你眼下的困境由我来帮忙解决，今夜夜深后你来我家后门，我叫人留了门，你悄悄进来，我叫小丫鬟给你拿些东西，可以换二百多两银子。

如此深情明理的小姐，怎不叫人动容？谁知道夏公子那个畜生，竟然见财起意，怕是舍不得再掏出来当聘礼了，当夜去拿东西时竟然打死我们家丫鬟，抢了包袱而去，想是以为我们家怕丢人露丑不敢声张吧！

县令一听，这还了得？快给我把这个丧尽天良的狂徒拿来！不一时夏公子就被拿来了，一看见高大人在这儿，马上大呼："我有冤！我要告状！"

县令冷笑一声："好家伙，你倒有冤了？你倒要告状？告谁呀？且说来听听。"

夏公子伸手一指高大人："告他！杀人栽赃！"

在夏公子的陈述里，这事情可就刚好打了一个颠倒，前面的情节都是一致的，小丫鬟来传话，说小姐要给他一些可以换钱的东西，他到了后半夜高高兴兴去了高家，果然后门虚掩，进去之后就是后院的小花园，没想到走了几步就差点儿被什么东西绊倒，蹲下去一看差点儿魂飞魄散，竟然是那个传话的小丫鬟，头破血流地躺在那里，他壮着胆子探了探鼻息，已经死掉了！他这才反应过来，这是高大人设计骗他前来，又杀了小丫鬟想栽赃给他，为了退婚真是心狠手辣！

夏公子说完之后，县令想了片刻，问他："那你为何不来报官呢？"夏公子说我毕竟是个读书人，黄夜前往高小姐家，说出去对小姐清誉有损，此事都是她父亲要害我，我悄悄走脱了没被他捉住就算万幸，哪里还能有证据来与他纠缠？没想到，他竟然敢倒打一耙。

双方的说辞听起来都没有什么重大破绽，县令对高大人说："失礼了，事已至此，只能请令爱前来上堂做证了。"

高大人这会儿怒气冲天，也顾不上女儿出入公堂的不便了，马上打发下人回家去接小姐来。高小姐上了堂，强忍痛心禀报了一番，确实是她安排小丫鬟去找夏公子，昨天夜里小丫鬟去后花园送东西迟迟不归，她以为送完后丫鬟就自行回下人房里歇息了，是今天早上家丁发现尸身大闹起来，她才把事情经过告诉了父亲，何来父亲栽赃一说？至于为何夏公子要杀了小丫鬟，她疑心是夏公子被父亲拒婚后其实已经放弃了这门亲事，而且心中恼恨，现在有这个机会，只想着平白得一份钱财罢了，何况此事只有她和小丫鬟知情，或许这夏公子料定自己不肯说出来吧。

说到此处，高小姐粉面含怒，也不去看那夏公子，只对着县令说："我一心想着不可让父亲做背信弃义之人，万没想到竟然错把终身付与了豺狼之徒！丫鬟之死我固然有错在先，但行凶之人罪不可恕，求大人明鉴！"

高小姐说完后，连一旁的师爷都忍不住瞪了夏公子一眼，摆明了这大堂之上除了夏公子之外，人人都认定他是凶徒了。

事到如今夏公子百口莫辩，连拖带打被扯着丢进了大牢。县令好生安抚了高大人父女，自去叫师爷写了供状文书，整理整理就递给上级州府了。

但上级州府的人最近可顾不上这个案子，别说这个了，哪个案子也顾不上，满衙门的人都忙着找人呢！找谁？找按院大人。

按院是明代的一个官称，就是巡按御史，这个官职其实品级不高，约莫只算个正七品，但是一般五六品甚至三四品的官员都非常尊敬甚至惧怕他们，这是为什么呢？因为按院官级虽小，但是权力极大，号称"代天子巡狩"，就是代表皇上亲自去下面监察各级官员政务的，能不厉害吗？相当于行走的尚方宝剑了。

最近听说负责本省的巡按林大人已经到了当地，但是神龙见首不见尾，这可把宁波州府的官老爷急死了，谁知道林大人溜达到哪儿去瞎打听了，万一听到点儿啥对自己不利的消息，那可是吃不了兜着走啊，所以早就把州府里能打发出去的官差下人全都打发出去了，满世界找林大人，这些日子下面的县里递交上来的文书案卷什么的，哪儿还有心思看啊？

正焦头烂额的这天，外面人声喧嚷，说林大人到了。宁波知府一个箭步蹿出去迎接，接进来一看，林大人这是上哪儿去了，怎么蓬头垢面跟坐了牢似的？结果林大人还真是坐了牢，前些天在街上随便找了个小碴儿，故意被人捉去牢里了，就为了亲自看看大狱里的实情。

好巧不巧，林大人坐牢这几天刚好跟夏公子做了狱友，夏公子日夜悲泣，林大人好心劝慰，也细聊了很多，心中早有定论，被释放后马上亲自来州府过问此案。

知府可给吓坏了，最近根本没顾上看案卷，哪儿知道有这么个事啊？一边打着哈哈一边给师爷使眼色，忙不迭地把那个案卷翻了出来，林大人细细看过后说此案暂且按下，我现在要面试一下本州各县本期县考的前三名。

虽然摸不着头脑，但是知府还是赶紧去安排。第二天各县的前三名学子都到了州府，听说巡按大人亲自面试，个个面有喜色。林大人非常认真，逐一单独面试了各个学子，其中有个叫李善辅的，恰好是夏公子的同窗，林大人格外喜欢，竟然当场纳为门生，这下子别说李善辅欣喜若狂了，就连知府都与有荣焉。

喜纳门生的林大人办了个拜师宴，私下还跟李善辅表示了一下想要纳他为女婿的打算，把李善辅高兴得手足无措。但林大人说家中事务其实都是夫人说了算，他此次回京后向夫人提起此事，如果李善辅有意，可以给师母送些小礼物以表真诚。

索贿这种事当然不会说得这么明显，但就算再拐弯抹角，李善辅也听明白了，这还有什么说的？恩师您就是不张口，学生我也不是傻子啊，这点儿孝心我还能没有吗？转头就从家里捧来个小礼物盒子，林大人打开一看，竟然都是女子用的金钗珠串，件件华贵，看起来价值不菲。李善辅恭敬地说，这都是家母心爱之物，如今为了我的前程，自然是高高兴兴拿出来孝敬恩师的。

林大人毫不推辞地笑纳了，叫李善辅回去等他喜讯。李善辅一脚深一脚浅，如在梦中，美滋滋地回去了。

第二天，定海县的县衙突然热闹无比，同时肃穆无比，原来上头的知府大人陪着巡按大人，一起来县里办案了。

林大人到了定海后可谓雷厉风行，叫人把高家父女再次带来，把前一日李善辅送给自己的那些金玉珠钗拿给他们看。高小姐一见就忍不住流泪，点头说正是我的东西，是我那晚让丫鬟拿去赠予那个恶贼夏公子的。

林大人又叫人把夏公子带上来，夏公子抬头一看，这不是我狱友吗？这是怎么回事？半天才反应过来，狱友原来是微服私访的巡按大人，当即扑在地上痛哭。林大人温言相劝，说你快别哭了，把那天的事重新说一遍。

原来当天夏公子在去高府之前，是和自己的同窗好友李善辅在一起饮酒吃饭，高小姐与他相约的事他此前告诉了好友，李善辅非常替他高兴，非要请他先喝点儿酒再去，他也许是喝多了，不久就沉沉睡去，醒来已经是后半夜，赶紧匆匆前往高府，谁知出了那样的事。

知县这下可惊慌了，忍不住大叫："如此重大关节，你当时怎么不说？！"夏公子茫然道："什么关节？我与李善辅吃酒吗？我酒醒后李善辅在一旁也沉沉睡着了啊，此事与他何干？"

众人忍不住叹息，这孩子太过心善纯良了！

等到李善辅被带到大堂之上，一看高家父女、夏公子俱在，再一看自己抢夺来的那些珠宝首饰也在一旁摆着，心中已知自己落入林大人的圈套，此前已经自呈罪状，此时再多狡辩也只剩下受刑，不如直接招了吧。

果然是他当日给夏公子下了蒙汗药，随即冒名前去，本来只想着谋财，想着拿走包袱财物回来再装睡即可，没想到小丫鬟认出了他不是夏公子，他虽然谎称是夏公子委托自己前来，但小丫鬟谨慎得很，说什么也不肯给他财物，他一急之下干脆从谋财变成害命了。

回去之后夏公子还未醒来，他也赶紧假装喝醉，一切天衣无缝，没想到竟然还是因为贪图荣华富贵上了林大人的当。

真相大白，高家父女又愧又悔，林大人当场表示了，这个夏公子是我的小狱友，我深喜他的品行，要正式收他为我的门生了，将亲自保举他参加乡试。乡试就是省级科考了，可以说是明清科举制度中最难也最关键的一级考试。林大人此言一出，曾经当过多年京官的高大人岂能不明白这个言下之意？当堂表示此前自己浮云遮眼、尘霾蒙心，才铸成这桩错案血债，如今真相大白，回去就好好张罗，让女儿和夏公子早早完婚。

不由得叹息一句，小丫鬟好冤屈哇！夏公子与高小姐每思及此也是百般感伤，此后年年到了小丫鬟的忌日，二人都虔心祭拜，也算是情义在心了。

本回故事：余象斗《廉明公案》之"骗害类"

第一六回
游僧案

云游僧佛衣藏女眷
张府判智破巫蛊术

知府大人和同僚们此时却很纳
闷儿，张府判平日里远佛近
儒，今天怎么好端端的，找和
尚去府衙了？

除凶无须善为名，佛衣岂可掩恶行。
苍龙飞升端阳正，灰飞邪祟照太平。

　　这一回咱们讲一个发生在端午节的案子。这个案子记载在明朝的《律条公案》里，听名字就知道，也是一部专讲各类案件的公案小说集，但是这个《律条公案》不怎么出名，书里写着"金陵陈玉秀选校"，也就是说，这本书是这个叫陈玉秀的人搜集整理编撰的，这个人名不见经传，但是这本书的卷首又写着"新刻海若汤先生汇集古今律条公案"，这就很有意思了，是说这本书呀，它可是汤海若先生搜集整理的。

　　汤海若是谁？汤显祖呀！海若是他的号，汤显祖的《牡丹亭》一面世就风行一时，名声大噪，挂上他的名字，什么书都能卖个好价钱。所以《律条公案》的卷首写着汤显祖的名字，我们大致推测这属于拉大旗作虎皮的行为，应该跟人家汤先生没什么关系，就像我们小时候，金庸的武侠小说风靡一时，于是就出现了很多写着"金庸著"的小说，你以为是金庸所著，结果它是姓金名庸的人所著，太能扯了。

书归正传，说咱们这个小故事，发生在明朝的河南，按照咱们以往的故事结构来看，每个故事里都至少得有一个官员，因为讲的都是案件嘛，不管他是清官贪官昏官，最少得有一个。这一回的故事里挑大梁的官员是个小官，是河南府的府判，府判也叫通判，是各州府主事官员的辅佐官，这个府判姓张，平常也就是负责一些河南府的农田水利工作。

张府判虽然官职比较低，但是他这个职位其实平常更像是知府大人的幕僚，大家除了公务上的事情，私下里接触更多，知府大人喜欢热闹，经常把包括张府判在内的几个亲近的下属聚起来饮酒赋诗，用咱们现在的话说就是职场内部氛围比较轻松。

这一天，河南府众官员都很开心，为什么呢？因为这天是端午节，别说官吏们开心了，全城百姓都奔走往来，个个喜形于色，因为下午就要举办一年一度的赛龙舟大会。这是城中盛事，几个下辖县乡的龙舟队早就摩拳擦掌，城中代表更是把龙舟精心修缮重新描绘，赶上今天风和日丽，春柳如画，河道里几条龙舟碧彩辉煌，河道两旁的民众人人喜悦激昂，如此盛况，谁不踊跃？

前面咱们说了，知府大人本来就喜欢热闹，平常没热闹还要制造热闹，何况端午赛龙舟这种大热闹，能不去倾情参与吗？早早就订下了河道边最大一家酒楼的楼上雅阁，临窗观赛，岂不美哉！

虽然赛事是下午才进行，但是大伙儿决定中午就到酒楼相聚，午饭吃罢后就在这里饮茶听风，下午居高临下好好欣赏今年的龙舟竞渡。

知府和其他几位官员都到了一会儿了，张府判才姗姗而来。大伙儿都问他这是干什么去了？打趣他莫不是在家中陪夫人编彩绳忘记了时辰？端午节家家编织五色彩绳，街上孩童人人手腕上系着彩绳，手里有的拎着纸鸢（也就是风筝），有的摇晃着柳枝兰草，心旷神怡，无不深感春日和美。

张府判对大家的调侃回以哈哈大笑，说本来都走到半路了，在城西遇见几个游僧（就是那种云游的和尚），抬着一个木雕的佛像匆匆赶路，他就先停下来叫随行的官差把他们带到府衙去看候起来，安排好之后才赶过来。

当时的社会上游僧很多，民间也多有尊僧礼佛的百姓，但知府大人和同僚们此时却很纳闷儿，张府判平日里远佛近儒（"远佛近儒"是什么意思呢？就是说他不怎么亲近宗教，是个一心遵奉儒学的人），今天怎么好端端的，找和尚去府衙了？

张府判说今天不同往日，今天是端午节嘛，本来就是个除毒避凶的日子，刚好我也找这几个游僧做做法、除除毒气。

虽然咱们今天的端午节已经是一个没有迷信色彩的节日，但是在古代，在很长一段历史中，端午节其实是一个有点儿"凶"的节日。尤其是在北方，古时候的"五月"被北方中原地区称为"恶月"，所以在端午节这天，有的地方的父母还会把未满周岁的儿童送到外婆家，以避恶邪，因而古时候在北方的一些地区，端午节还有"躲午节"的叫法。可见古时候咱们南北很多民俗上的差异，可比现代大多了。

所以在这个民俗背景下，当时张府判说端午节找和尚念念经什么的，大家也就马上理解了，很正常，都不当回事了，赶紧吃吃喝喝看龙舟，这才是大事。

龙舟赛事精彩热烈自不必说，大家群情激奋意犹未尽，结束后又喝了会儿茶才喜气洋洋回了府衙，各忙各事去了。

张府判一回去就去找官差，去看看那几个被带回来的游僧。

和尚一共四人，抬着一个简陋的小佛龛，供着一尊约莫二尺高的小佛像，由黄泥捏塑而成，佛像上裹着黄布，很是简陋。当时有些游僧各自供奉的佛尊不太一样，张府判倒是也不在意佛像，只问这四个和尚都能诵什么经？为首的一个说礼佛多年，常见的经文都烂熟于心，张府判说那可太好了，我每年端午节都会请几位僧人来给我诵经，今天刚好遇见几位，就请随我来府衙后堂的偏厢吧。

领头的和尚有点儿着急了，说大人，我们今天本来是要送这尊佛像去施主家烧化除灾的，结果半路被你叫到这儿来，也不知是为何事，一等等了好几个时辰，施主那里的法事都要耽误了，既然您也是为了诵经礼佛，不如这样，我留在这里诵经，你叫我这三个师弟先去施主家吧。

张府判一听这话脸色就不太好看了，说你说的那个施主是谁家？我派人去相告一声，叫他们包涵些，如今是要你们为官府办事，想来他们也能通融。

这话一出，那就有了仗势欺人的意思了，和尚叹口气，只能作罢。旁边的官差倒是有点儿纳闷儿，张大人今天这是怎么了？平日里可不是这般为人呀，怎么突然欺负起和尚来了？再说了，咱们府衙里往年在端午节也没找人念过经啊，今年这是念的什么经？

虽然心里嘀咕，官差嘴上也不敢说出来。张府判领着一行人到了后堂，指着两个小屋说我们这里有老规矩，一个屋里两位僧人，随后他不再理会和尚，自行安排了，让和尚甲和和尚乙去了一个屋，和尚丙和和尚丁去了另一个屋子，让他们各自念经，念够半个时辰即可离去。

出来之后，张府判悄悄叮嘱门口看守的官差，仔细听好了他们所诵的经文。官差说您这不是难为我们吗？我们也听不懂啊。张府判微微一笑，不是让你们核实经文啊，是让你们留心，与我们平日里所听到的诵经有什么区别没有。

半个时辰后官差来报，说大人您真是神了啊，您怎么知道他们所诵读的经文和咱们平常听到的不一样？

张府判脸色一变，赶紧问有何不同。官差说和尚甲和和尚乙倒是没有什么异样，但是和尚丙和和尚丁，他们二人很可笑，只会颠来倒去地念一句"南无阿弥陀佛"，这谁不会啊？他们二人哼哼唧唧，竟然半个时辰下来就会这一句，而且很奇怪，这两个人的声音细细弱弱、扭扭捏捏，跟女人家似的，莫不是不会念经才不敢大声吧？

听到"跟女人家似的"这句话，张府判猛地站起身来，安排官差去通知和尚甲和和尚乙，就说知府大人有令，今年需要多念半个时辰，辛苦二位师父再念一会儿。至于丙、丁那两个和尚，悄悄地带出来，带到大堂等候，他现在有要事去禀报知府大人。

官差虽然不明就里，觉得张大人今天奇奇怪怪的，但听命行事就罢了，也不想那么多。

张府判急急忙忙去找知府，知府还沉浸在对今天下午那场龙舟赛的回味中呢，看见张府判一脸的凝重，赶紧问出了什么事。张府判说今日端午，大人可能要为本地除除毒、祛祛邪了。

原来这个张府判虽然是个分管农田水利的文职，但是本人心思缜密，性格又疾恶如仇，平常也很愿意为民众所急挺身而出，并非是个只扫门前雪的平庸官吏。今天在路上偶遇四个游僧时，他无意间发现其中两个和尚身形瘦小低头不语，似乎很是惊恐，这跟一

般的僧人大为不同，张府判于是又仔细看了一下，那
两个和尚抬佛龛的手细瘦纤长，分明就是女人的手，
但为何剃着光头做和尚打扮呢？其中必有隐情。

由于既无人告状，又没有任何作奸犯科的行迹，
所以也不好直接抓人，只能找了个借口将这四个和尚
先带回了府衙。现在经过观察，那两个瘦小的和尚大
有问题，张府判赶紧把实情禀报给知府。

知府虽然刚刚还沉浸在端午游乐的喜悦中，但他
也是个干练的官员，听完马上一拍桌子站起来，肯定
有问题！干得好啊！咱们马上审一审这二人。

和尚丙和和尚丁两个人被带到大堂，浑身止不住
地瑟瑟发抖，两边的衙役也不知道这和尚犯了什么事，
刚才不还请到后堂去诵经了吗？难不成是诵经的时候
不认真，大人生气啦？

大堂上正一团疑云，知府和张府判来了。知府大
人也是非常有审讯经验的，上来之后二话不说，直接
叫这两个和尚把手伸出来。

这二人此前一直垂着手，有僧袍遮盖，无人注意
他们的双手，此时被知府大人一声厉喝，两个人吓得
猛地把双手平举，僵尸似的，两旁的衙役们定睛一瞧，

都小声惊呼起来："这！这不是女人的手吗？！"

知府冷笑一声，啪地一拍桌案："大胆妇人！竟敢假装游僧，有何目的？从实招来！"

两个假和尚突然跪倒在地，号啕大哭起来："求大人救命！求大人申冤哪！"

知府和张府判对视一眼，彼此心里都有数了，这几个和尚，确实不简单。稍加审理后真相大白，而这个真相，可把这个府衙里所有见多识广的官吏衙役都惊得瞠目结舌、怒火中烧。

原来这两个假和尚都是外乡的农家良妇，以前二人也并不相识，而那个和尚甲和和尚乙，那二人根本不是什么从名寺里出来云游的僧人，是两个早都被逐出佛门的无赖恶僧，出来后游手好闲衣食无着，想出来了个发财的主意：继续假冒游僧。本来只是到处化缘念经什么的，骗一点儿布施，后来这二人贪心无度，开始四处宣称会一些治病祛邪的妖法，以此骗取不少百姓的钱财。

这二人不知道从哪里得知一些巫蛊妖术；将刚出生的婴儿扼杀后以石膏封存，藏进泥坯佛像里，在做法事的人家燃起火堆焚烧，焚烧时气味难闻至极，有时还有尸体残骸显露，如此恐怖的场景，却能令毫不知情的施主以为这才是神仙法术，将污秽妖怪都烧出原形了。这两个恶人靠着这个丧尽天良的妖术在乡间被尊为神僧，请他们施法的百姓可不少。

因为需要大量的婴孩，这二人平时会去一些偏僻地方打听好谁家有孕妇或是婴儿，夜里就去人家家里假装求宿，别人看是游僧，也不会存有戒心，由此便遭了他们的毒手。

被抓来冒充和尚的妇人丙和丁，都是如此引狼入室，家人均已经惨遭恶贼毒手，而她们俩由于面相和善又有几分男相，所以被那两个恶贼留下了活口控制起来，平常需要骗人信任的时候，就把她俩推在前面。

听完这二人的陈述，大堂上似乎都飘满了血腥之气。如此骇人听闻、惨绝人寰之恶行，一时之间竟令众人忍不住屏息凝神，似乎生怕吸一口气，那血腥味道就会冲进肺腑一般。

知府令人把那两个游僧和那具佛像一并带上来，官差们此时回过神，气得一个个眼珠血红、槽牙紧咬，冲去后堂饿虎扑食一般去拿人。那两个恶贼还在那儿诵经呢，毕竟曾在寺庙里待过，嘴里的经文叽里咕噜倒是利索，佛口蛇心也不过如此了。

那个简陋的佛像被当堂砸开，赫然掉出来一具以石膏包裹的死婴。

两个恶贼看着战战兢兢的两个妇人，再一看佛像被砸开，心知这两个人已经告发了他们，当时就目露凶光。他们以为是这二人看来到了官府，自己跑出来告发的，岂知是张府判洞察细微，巧设这个诵经圈套让他们自己钻了进来。

河南府及周边县乡这一两年来多有命案发生，有些地方是一家被灭门、婴儿失踪；有些地方是孕妇被杀而腹中胎儿被人取走，闹得人心惶惶，都说是有邪祟作怪，这也是这年端午大家操办得格外用心的一个缘故，都盼着祛邪避灾，保佑家门平安。如今才知，确实有邪祟，而这邪祟竟然还是假冒佛祖之名，恶贼胆大包天，死不足惜！

恶贼伏法之日，官府特意将这恶贼二人关入囚车游街，百姓莫不追车唾骂，而这个端午节对当地来说，也成了个名副其实的除凶吉日。

本回故事：陈玉秀《律条公案》之《张判府除游僧拐妇》

今夜拍案惊奇

第一七回
神龟案

三更半夜神龟引路
千里贩货井底藏尸

走得再快它也是个乌龟呀，
包拯和两个差人跟在后面挪
啊挪，恨不得抱着乌龟说您
能不能伸头指路，咱走快点
儿。反正就这么挪动吧，也
不知道挪了多久，终于，乌
龟停了下来。

行善过善丧于善，施惠多惠怨相连。
老龟有灵报生恩，贪贼无良下黄泉。

这部书讲到现在，有些朋友大概已经了解了，咱们的内容来源非常庞杂，既有官方编撰的文库，又有民间整合的话本，并不是逮着一部书来说，这很好理解对吧？因为咱们的传统文化浩如烟海。

现在咱们再讲一部书里的故事，这部书叫作《龙图公案》。

听名字就知道了，龙图，就是包龙图包拯大人，这部书全部都是在讲包拯探案的故事。咱们前面讲过一个包公探案的故事，还有没有印象？包公和一个算命先生联手，侦破了衙门内部的一桩杀人案，那差不多是有据可查的古代文学史上第一篇完整塑造包公这个人物形象的断案小说，包大人"日断阳、夜断阴"，这种半人半神的民间地位就是从那一篇开始确立的。

从那以后的民间文学和戏曲里，开始不断涌现以包大人为主角的公案故事，越编越多，越传越神，百姓喜闻乐见，文艺界各显其能，终于将这个人物传颂成了千古流芳的一个青天形象。其实其中绝大部分的断案故事跟历史上真实的包拯没关系，但是和他本人没关系，却和很多百姓有关系，为什么这么说？因为这个形象高度迎合了各朝百姓对"青天大老爷"的心理需求，在无数传说的加持下，包公拥有上斩皇亲、下赦黎民的权力，拥有神通阴曹、洞悉万物的能力，还有更关键的一点——亲民，他深知民间疾苦，对百姓视如同袍，极富人情味，毫无距离感，这样一个清官，怎么能不众口称颂？

所以在出版界你抄我、我抄你的古代，很多公案故事都被人抄过来稍加改动后安在了包公头上，这部《龙图公案》就是其中的佼佼者，书中很多案件在其他早期甚至同期作品里都有记述，但是它不管，就要拿过来，说是包拯办的，那么这部书的作者是谁呢？是"佚名"，就是无名氏。虽然我拿了你的东西，但是我也没说是我的呀！这种行为当然是有古代各方面的局限性，但是老百姓不管，咱们就是来看故事、听故事的！这案子是包青天还是李青天办的其实无所谓，只要案子破了咱就痛快了。

好了，书归正传，这一回的故事在书里头有个很直接的名字，叫《龟入废井》。什么意思？龟，一个乌龟，入废井，一个乌龟跳到废井里去了。这肯定是有冤情，乌龟来替人告状了嘛。

说到这儿，咱们要说一下，古代的很多传说也好，民间记述也罢，动物告状、动物报恩的故事有很多。有的人一看这个就摇头："哎呀，这都是封建迷信，我奶奶那一辈的人才说这个。"古时候人们的认知水平有限，假托神鬼妖狐和动物来讲述人间悲喜的故事，这当然有迷信的成分，但是咱们到了今天当然是要去芜存菁地看、辩证地看、用新眼光新角度来看，你比如说这个乌龟告状，咱们是不是可以理解成万物有灵呢？

当然这只是一家之言，反正破案的还得是包公，不能是乌龟嘛。来，咱们说说这个乌龟。

话说有一年包大人要去杭州府，走到浙西一个叫卢家渡的地方时，一行人就在附近驿站歇脚了。此地风景不错，加上近日天气宜人，包大人晚上吃过晚饭就到驿站外面四处走走。

包拯在小街上信步闲游，找了个小凉亭坐着歇息，抬头看看这里的民居风貌。正惬意间，感觉脚下有什么东西总在碰自己，以为是风吹杂草，低头一看差点儿吓一跳，哪儿来这么大一个乌龟？

一个大乌龟此时正停在他脚下，不住地探头探脑，碰碰他的脚踝，这景象煞是吓人。但是毕竟这是包公，不是你我凡人，一低头吓了一跳，包公很快镇定下来，按民间传说所记录的，包公早知道自己并非普通肉体凡胎，所以见了超乎常理的事情，也不会自乱方寸。此时突然有乌龟来接触，他心里咯噔一下，猜测这个乌龟应该不是附近河中的野龟，想必是什么人在家中养着的，家里怕是出了事，这些龟蛇畜类虽然不通人言，但养久了未必不通人性，不可等闲视之。

贴身随行的两个差人都跟随包拯很久了，见此异状也忍不住问大人，您看这乌龟悄悄跟来，是不是有什么冤情要跟大人您说啊。包拯仔细看了看，站起来说："咱们且随它去，看它带咱们去哪儿吧。"

那乌龟像是听懂了，慢慢挪出凉亭，一路前行。走得再快它也是个乌龟呀，包拯和两个差人跟在后面挪啊挪，恨不得抱着乌龟说您能不能伸头指路，咱走快点儿。反正就这么挪动吧，也不知道挪了多久，终于，乌龟停了下来。

包拯抬眼一看，眼前是一口废弃老井。那大乌龟开始奋力爬上井沿，旁边的差人真急了，这您老得爬到什么时候去啊，我扶您一把吧！把乌龟小心地托起来放在井沿上。没想到那大乌龟站在井沿上冲着包拯点了点头，一挪步，一回身，跳井了！

两个差人吓坏了！什么意思？叫咱们送它上路呢？还是说它本身就住这个井里，回不去了找咱们帮忙？不能够呀，哪有乌龟住井里的，它怎么出来的呢？

两个人叽叽喳喳，包拯一言不发，看了看那口井，说咱们先回驿站吧，这会儿都半夜三更了，明天天亮再说。

第二天，包拯就知会了当地的地方官，找来两个打井人，下这个废井去看看究竟。打井人下去不一会儿就上来了，手里托着那个乌龟，好端端的，倒是没摔出个好歹来，但是打井人看上去可不太好，脸色煞白，牙齿打战，哆哆嗦嗦回报："大人哪，井下有具尸身！"

果然这乌龟是来报冤的，包公赶紧叫人带了绳索再下井，把那尸身打捞了上来。不知是井水的缘故还是因为死者死去不久，尸身倒没有如何腐败，面目尚能看清楚，是个中年男子。衙役检查了一下尸体，从身上摸出来一个路引，那路引是刻在竹片上的，仍能看清字迹。

路引是什么？是古代的通行证，这个东西是明朝官府发明的，民众如果要去离乡超过百里的地方，不管你是去经商还是游学，都需要地方官府给你这个路引，没有这个通行证不能乱跑。

这个小细节很有意思，路引是明朝的东西，而包拯是宋代的官员，可见明朝的小说家们编故事的时候不认真，那咱们也不纠缠细节了啊！咱们知道这个路引是个什么东西就行了。

路引上刻得清清楚楚，此人名叫葛洪，杭州府人士，外出行商，特发路引。

杭州府距此还得几天的路程，这个葛洪想必是在此地遭人杀害，只是不知道那乌龟为什么会来替他告状。包公叫人把乌龟好好放生，当地官府把这具尸体送回杭州府，他本身也就是要去杭州府，前后脚就去了，到了那里再查个究竟。

到了杭州府，这个事就很简单了，反正有路引，官府的人一查就查出来了，这个葛洪是当地一个富商，确实死了，一年多前就死了。包大人说那行吧，原来那个大乌龟是托我把这个葛洪的尸体给带回来呀，那就把尸体给人家送回去吧，自己还嘀咕呢，那口古井看来颇有些灵性，你看这葛洪，死了一年多了都没有腐烂。但是官府的人说大人不行啊，您这回好像是好心办错事了。包公说怎么了呢？家里没人了？没人也得给埋在家乡啊。

官府的差人说不是啊，包大人，那个葛洪，一年多以前已经下葬了，您带回来的这具尸体，他不可能是葛洪。

这是怎么回事？如果他不是葛洪，怎么在那么远的他乡会有葛洪的路引出现在这具无名尸身上？如果他确实是葛洪，那一年多前在本地下葬的那具尸体又是何人？

包公是谁？包青天啊，断案如神、心思敏捷，听完这话马上就知道这具尸体身上必有大案，于是让官差把葛洪家人叫来，他要详细询问这个葛洪是怎么死的。

不多时官差回禀说葛洪没有子嗣，只把他遗孀带来了。葛夫人一脸意外地进了府衙，包公把她请到后堂问话。毕竟现在也不能确定人家犯法，而且一个妇道人家，在公堂上问话被传出去多不好听。从这个细节咱们也能看出来，包公确实是一位非常善于体察而且富有同理心的好官。

听这位大人问起自己亡夫的事情，葛夫人忍不住泪落如雨，悲痛之情催人鼻酸。

原来这个葛洪是当地一位富商，家中仅有夫妇二人，虽然尚无子嗣，但是家业兴隆，富足无忧。葛洪是个出了名的善人，或许是人近中年还膝下无子的缘故，这些年更加热心于救济贫寒、资助庙宇，真真正正是惜老怜贫、善行善心。一年多前，葛洪去官府申领了路引，要亲自去西京贩售一批贵重货物，西京就是咱们今天的河南洛阳，离着杭州府还是挺远的，那会儿又没有高铁能坐地日行八百里，只能先车后船长途跋涉。

如果不是因为那批货物贵重，葛洪也不用亲自前去，这一趟出门，粗略算一下没有两个月回不来，葛夫人就难免担心。倒是葛洪兴致勃勃，说这一趟是和自己的好友一起前去，这个好友叫陶兴，虽非杭州府本地人士，但是多年来一直在杭州府做些小买卖，平常总跟着葛洪忙前忙后的，非常机灵又会来事，葛洪很喜欢他，在生意上也总愿意帮他。

这次去西京，货物要从数百里外的卢家渡渡口上船，恰好陶兴的老家就在那里，可以先行回去安排货船。

说到此处包公心中一动：卢家渡，正是在废井中发现尸体的那个地方。但是他也不动声色，只听着葛夫人继续讲述。

后来葛洪就与陶兴分头行事，陶兴先回卢家渡租船，葛洪随后押着货物行陆路去到卢家渡会合，再往后过了四十多天，葛洪还没回来，倒是陶兴先回了杭州府，到家里来报喜。陶兴说二人此次在西京的生意办得非常顺利，回来后葛洪要先去附近县里敲定下一批货源，所以打发他先回家报信，顺便把此次行商所得的银子带回来。

说到此处包公忍不住问了一句："那买卖所得的银钱都给你带回来了？"葛夫人说："是，不少钱，都叫陶兴带回来了。"包公又追问："与货品所值相符吗？"葛夫人摇摇头，说："这我就不知道了，我从不参与外面的事情，看银子拿回来也就叫下人收起来了。"

那既然人从西京回来了，银子也回来了，葛洪是怎么死的呢？

说起来真是令人唏嘘。那陶兴送回来银子后，葛夫人等了两天都不见葛洪回家，难免心焦，第三天突然有人从外面匆匆跑来报信，说河滩上发现一具男尸，似乎是溺水而死被冲到此处的，有人在身上翻出荷包香囊，围观的人里有葛洪的熟人，说那些东西似乎是葛洪的，叫葛夫人去辨认一下。

晴天霹雳！葛夫人顿时三魂七魄丢了一大半，下人抬着轿子急忙赶去河滩，那尸体已经被冲刷浸泡得看不出模样，但是那个荷包香囊，确实是葛夫人亲手缝制、葛洪平时随身携带的啊！

好好的一个人，怎么就失足落水了！葛夫人哭得天昏地暗，家里的下人们也慌得不知如何是好。

讲到此处包公又忍不住发问了："夫人可知当时是何人辨认出那荷包香囊的吗？如此贴身私物，若非极亲近之人，外人哪能识得？"葛夫人说知道啊，是我夫君的好友陶兴啊。

包公忍不住冷哼了一声，葛夫人也没有留意，絮絮说完了后面的事。

后来无非是悲恸欲绝、厚葬夫君，家里没有男丁，一应事务都是陶兴在帮着处理。要说这个陶兴，也不枉葛洪生前对他的照顾，对葛洪的身后事可谓尽心竭力，丧事办得风光隆重，后来这一年左右，葛洪生前的生意，也都是陶兴在接手打理。

说完这些，包公就差马上派人去捉拿陶兴了，这嫌疑也太大了吧！若不是他步步筹谋、杀害葛洪，此事还有别的解释吗？

但是现在还不能确认，包公又问了一遍葛夫人，当时的尸体能辨认得出吗？葛夫人说不能，连衣衫都已经破烂泥污得一塌糊涂，只是靠着荷包香囊辨认出的。包公说好，夫人莫要惊骇，衙门停尸房内有具尸身，面目仍然分明，想请夫人看一看。

好端端的，让人看尸体，这叫什么事？虽然又惊又怕，但是府衙的大人如此说，葛夫人也不敢推辞，颤颤巍巍去了停尸间，这不去倒还罢了，一去差点儿又出一条人命。

葛夫人在停尸间看到那具尸体，只望了一眼，脸色登时雪白，大叫一声就昏死过去，两边的人赶紧给摇醒，葛夫人一醒过来就失声号啕，根本不顾尸体酸臭难闻，扑上去抱着那尸身哭得肝肠寸断，旁边的差人什么场面没见过，但此时也忍不住心酸落泪。

事已至此，包公心中已有定论，无须多言，只派人去把那陶兴拿来便罢。

陶兴带到，包公打眼一看，呵呵！俨然一副富商打扮了，看起来得意非凡哪。包公说要再查一下一年多前葛洪之死，那陶兴眼中闪过一丝惊慌，随即镇定下来，滔滔不绝、声情并茂地讲述了一番，与葛夫人所说一模一样。

包公等他说完，也不说话，手一挥，外面的衙役抬上来一副薄薄的棺木，抬到陶兴面前，把棺盖猛地打开。那棺中的葛洪尸体经过仵作精心擦拭修补，虽然已经死去很久，但仍面目清晰，面庞之上甚至还隐隐浮起无限怨气，陶兴当场失声尖叫，几乎要夺门而出。

事到如今连大刑伺候都用不上了，陶兴本以为天衣无缝的奸计，被葛洪的尸体吓得土崩瓦解，竹筒倒豆子一般把当日的恶行说了个清楚明白。

当天葛洪到了卢家渡，陶兴已经安排好了货船，本来葛洪要连夜开船，但是陶兴哪里肯？他曲意逢迎巴结葛洪多年，为的就是今天这个机会，赶紧跟葛洪说卢家渡夜里水上风大、商船难行，不如今夜暂且在驿站歇脚，明早再走。

葛洪当然应允，当晚还随着陶兴在外面四处转悠，陶兴给他讲了一些儿时在此地生活的趣事。终于来到那口废井边，陶兴假装兴致勃勃，说那口井有灵性，夜里往下看去，能看到五彩华光，葛洪好奇心起，毫不设防就去井边俯身观看……可怜一个宅心仁厚的好人，死于奸恶小人之手。

所以古话说"两人不看井，三人不抱树，独坐莫凭栏"，说的就是这个道理，防人之心不可无啊。

把葛洪推到井里之前，陶兴在吃饭的时候已经借故编谎话骗来了葛洪的荷包香囊，一步步都设计得严丝合缝。当晚他就催着商船上路，到了西京，确实把货物都贩售了，回家后也确实把大部分货款都送到了葛洪家。

第二天，他就去找到早就打点好的一个盗墓贼，在郊外乱坟岗上挖出一具看不出面目的无名男尸，把葛洪的荷包香囊塞好，又把尸体在河中浸泡了两天，这才开始演戏。

真相大白，如此恶贼岂可不杀！只是那陶兴非常不甘心，忍不住问包公，大人是如何找到葛洪的尸体的呢？那卢家渡距此甚远，而且那口井废弃已久，我真是百思不得其解。

包公说实话告诉你吧，本官也百思不解，是一个乌龟领着本官去找到的。

乌龟？！陶兴突然愣住，想了半天，喃喃自语道：

"莫非真有神通？"包公看他好像知道乌龟的事，也很好奇，便追问他想起了什么？陶兴说两三年前他和葛洪在外面饮酒，街上有个老翁在叫卖乌龟，他们过去一看，那乌龟体形硕大、眼冒精光，看起来活了很多年了，不知道怎么不慎被老翁捉住了。

葛洪一向乐善好施，与附近寺庙住持关系极好，当即花钱把乌龟买下来送去寺庙，请住持诵经放生。

讲完这段往事，陶兴依然难以置信："我当时还暗自讥笑他钱多得人都傻了，哪有什么善恶报应？没想到，没想到，那个乌龟……竟然是那个乌龟！"包公哈哈大笑，说陶兴啊，你没想到的事情还多着呢，似你这般贪念熏心、忘恩负义、残杀恩公的家伙，阴曹地府里可有不少刑罚等着你呢，你在黄泉路上慢慢地想吧！

本回故事：无名氏《龙图公案》之《龟入废井》

第一八回
鬼报官

死老王活鬼魂翻墙报案
刚出狱又入狱全家喊冤

听完这个鬼的话，他就想起前两天确实判过一个案子，是有个死者姓王，他就对那个鬼说："我知道了，你且去吧，我自会再审。"那鬼这才离开。

一片一片又一片，二片三片四五片。
六片七片八九片，飞入梅花都不见。

　　这首定场诗很好记，它的名字叫《飞雪》。大家夸一首诗的时候，经常会说"这诗很有文学性"，但这首诗我看可以说很有数学性，难怪收录进了咱们的小学课本里，小朋友们可以一边识字一边识数，一举两得了。

　　这首诗的作者是乾隆，但也有传言说作者是两个人，乾隆只负责了前三句，最后一句呢，是纪晓岚补上的。这一回咱们要说的故事，来自《阅微草堂笔记》，作者是纪昀，也就是纪晓岚。这个纪字其实念三声，但是咱们看很多影视剧里念的都是第四声。现在很多汉字都在不断调整读音，有时候遵循约定俗成的原则，但咱们得知道目前这个字当作姓氏来讲就只能念三声。

对很多人来说，纪晓岚是一个既熟悉又陌生的古人。对他熟悉，是因为他作为文艺影视界的宠儿，以"纪大烟袋"的形象出现在很多作品中；对他陌生，是因为人家是历史上真实存在的人物，那真实形象肯定不是"纪大烟袋"那样的啊。那真实的纪晓岚是什么样呢？这对很多人来说就比较陌生了。

影视作品中的纪晓岚不管被附加了多少真真假假的人物特质，有一点是统一的：有文采，爱风流。因为这是千真万确的。不少人都知道他是《四库全书》的总纂官，就是总编大人嘛！这当然是纪晓岚作为官方学术工作领导人的成就，不论学术界如何评价《四库全书》，这作为他的工作成绩是实实在在留在历史上了。而作为文学家的纪晓岚也有一部大作，就是咱们要说到的这本《阅微草堂笔记》。

《阅微草堂笔记》经常被人拿来与《聊斋志异》相提并论，这算是非常高的评价了，这也是一部笔记体志怪小说集，很多学者都认为这本书深受蒲松龄的影响，都记述了很多乡野奇谈和神鬼妖狐的故事，主旨基本上也就是劝善惩恶、教人敬畏因果。《阅微草堂笔记》这本书在古代算是一部大书了，足足二十四卷，可见纪大人对于文学创作热情高涨，而这本书也充分体现了纪晓岚在当时和后世被人盛赞的一个特点：文字精练典雅、行文亦庄亦谐。鲁迅先生评价过他的文笔："雍容淡雅，天趣盎然，故后来无人能夺其席。"就是说纪晓岚的作品能广为流传，完全是靠个人能力。

这一回的故事来自《阅微草堂笔记》中的《滦阳消夏录》，滦阳就是今天的河北承德，看名字能猜测到这篇文章是纪晓岚在承德避暑时写的。

这个故事发生在清朝，这句可不是废话，虽然这是一本清朝人写的书，但是人家既然是笔记体小说，故事就有可能发生在宋元明朝，所以得说清楚了。这是一个发生在清朝的故事，故事的主人公叫唐执玉。

唐执玉这个人咱们要好好地介绍一下，为什么呢？这可是一个好官。唐执玉在康熙年间就走上仕途，到了雍正七年（1729年），已经官拜直隶总督。直隶总督这个官衔大家在各种清宫剧中经常会听到，这个官职绝对称得上显赫，是封疆大吏，属于很大的官。可见这位唐执玉在雍正那里是很受重视的。他当这么大的官，那么关于他的最广为流传的一则民间传说是什么呢？是他去世后竟然因为家里穷而无钱办丧事，最后是雍正亲自拨银子厚葬了他。

这个故事咱们且不追究真假，但是它能流传至今，起码说明了这位唐大人的清廉是非常罕见的。而且雍正是个对待官员特别严苛的皇上，说难听点儿，你在他手底下能善终就说明你这个官做得很厉害了。可是唐执玉不但一直身居高位，而且深得雍正的喜爱。传说，雍正还曾有过派人快马去给唐执玉送荔枝的不理智行为，当时北方很少有新鲜荔枝，雍正吃到后，很开心，就想着快给我爱卿也送点儿过去。可见这个唐大人有多受皇帝喜欢，上一个有这种待遇的好像还是杨贵妃。

唐执玉深受皇恩完全就是应得的，因为这个人不但在政务上勤勉有为、刚正不阿，而且极其清廉，不然哪能死了之后连丧事都办不起，还得皇上从国库里拿钱出来给他办。唐执玉也不是一出生就当了大官，是从小官做起的，起步的时候就保持着鞠躬尽瘁的作风，官声、民声一路走高，到了直隶总督这个位置，还是保持着自己的习惯，凡是有大案要办，他总要把案卷仔细看一遍，自己审核一遍。

所以咱们这一回要讲的故事，人物是真实存在的，故事是不是真的，或者是真假参半的，那就不得而知了。

唐执玉大人在直隶总督任上的时候，下面的某个县里出了杀人血案，案子经过了一审和再审，最后唐大人也给定了案，这事就算结束了。但是有一天唐大人突然把那个县的县令给叫来，说他重新看了一遍案子，觉得有问题，需要重审一遍当时的所有证人。

那个县令也是个很较真的人，这也好理解，什么将官带出什么兵，在唐执玉手下做官，要是个混吃蒙事的糊涂虫，估计早回家种地去了。县令一听就有点儿不高兴了，说大人恕下官无礼，此案经由下官详细勘查，案情早已明白无误，而且前几日大人您也批了定案，现在怎么又说有问题，这让下官心里很是别扭。

唐执玉说："哎呀，你别扭我能理解，但是现在不复审我也很别扭啊，你说说，人命关天的案子，我都没提审过任何相关人等，看了公文就给批了，这是不是也有点儿太随便了？你就听我的，赶紧给我把人证、物证都重新归置起来，我自己审一遍。"

其实这个案子很简单，县里有个老王被人杀害了，嫌疑人只有两个，一个叫张三，一个叫李四。县令带着手下的官差仔仔细细查了大半个月，把被害人和嫌疑人的人情关系、生活轨迹以及案发当日的行动路线查了个底儿掉，确认是张三所为，而李四是无辜的。

现在唐大人要复审，县令虽然不满意，也不能违拗上司，只好重新把案发当日见过老王的目击证人全给叫来了。目击证人有好几位，有的是当天见过还活着的老王的，有的是见到了老王的尸体的，这会子又聚在了一起。

大家伙儿都挺纳闷儿，这不都已经结案了吗？怎么又要审？审就审吧，也算是咱们为老王再尽一份绵薄之力。

唐执玉让差役把证人们带到厢房等候，他在大堂上一个个地单独审问，县令在一边作陪。审着审着县令心里就开始犯嘀咕了，唐大人今儿这是怎么了？怎么就逮着一个问题挨个问啊？

问的什么呢？——老王被害当天的衣着打扮。要是见到活着的老王的证人呢，唐大人就让他详细描述一下当天老王穿的是什么颜色的衣服，要是看见死尸的呢，除了问衣服还要问老王当时惨不惨，是什么部位被刺、被砍，哪儿流血了，等等。搞得证人们十分痛苦，又得回想一遍杀人现场。

终于把一群证人都问完了，打发人家回去后，唐大人跟知县说，这个案子此前的审理有误，不是张三杀的人，而是那个李四。

县令震惊无比，说大人您怎么了！您再查查，我当时查办得清清楚楚，连张三自己都说漏了嘴，就是他杀了老王啊。唐执玉也不跟县令细说，就说反正你听我的吧，就是判错了，来，现在重判，你去给我把张三放了，把李四抓了吧。

一向公正严明的上司突然推翻前面的定论，虽然县令觉得大有蹊跷，但是看唐大人也不准备跟自己说清楚，只能气哼哼地先回去放人抓人了。

于是，刚洗脱嫌疑重获新生没几天的李四，稀里糊涂地又被抓进大牢了，而且说这次是上面的总督大人直接判的案，就是你杀了老王，踏踏实实等死吧。这下李四的家人不干了，天天上县衙去闹，男女老幼十几口子人，披麻戴孝地在县衙门口哭闹，把县令折磨得头昏脑涨。

这事如果摊上个只会"唯上"的官员，其实很好办，连吓唬带打骂，就能把人轰散。但是人家这个县令是个"唯实"派，只看事实不看上司，虽然回来之后确实也按照唐大人的改判放了张三抓了李四，但是为什么任由李四的家人大闹衙门口呢？因为他觉得人家闹得有理，他带着手下仔仔细细又梳理了好几遍，怎么看都是张三杀的人，凭什么审问了一遍证人就给判成李四杀人了？

县令越想越气，后来都气得寝食难安了，心想我豁出去了，大不了我这个乌纱帽不要了，我跟你理论理论去！县令头上冒着火，鼻子里喷着烟，跑去总督府喊冤去了。把李四家人感动得跟在轿子后面又哭又磕头。

万万没想到，县令一路上想了无数遍如何据理力争、怎么跟唐大人死磕，连实在不行了就要越级告御状都想过了，结果到了总督府，还没张口，唐大人一脸歉意，说哎呀，你来得正好，我正要叫人去请你呢，这两天我左思右想，是我搞错了，这个案子还是你原来审得对，快把人家李四放了，好生安抚，把那个张三抓回来！

这搞的又是哪一出啊？县令这回真是丈二和尚摸不着头脑了，准备了一肚子的慷慨之词，结果一上来唐大人认错了？把县令整得张口结舌，一时之间无话可说。稍微冷静了一下，县令的固执劲又上来了，行了礼，有点儿委屈又有点儿愤愤不平地说："大人恕罪，有些话下官如鲠在喉，不吐不快，先前大人批了此案，后来突然又推翻前判，当时下官就很难理解，此番前来就是要与大人论个明白，当时翻案是何缘故？不想此刻大人又将此案翻回去了，翻回去固然与下官的判决相符，但总得有个说法吧？一来如此判案实在不像大人平素的作风，二来一桩铁案也能颠三倒四，恕下官无颜面对无辜百姓！"

县令这番话可谓一个正直官员的肺腑之言，就算是个昏官也不好意思翻脸，何况唐执玉呢？但是唐大人似乎真的有什么难言之隐，吭吭哧哧半天没说话。场面正陷入尴尬之时，一直在一边一言不发的师爷突然咳嗽了一声，上来打哈哈，给县令悄悄递了递眼神，也不叫官称，直接称呼县令的名字，说咱们二人太久没有相聚了，每次你来都是匆匆忙于公务，刚好今天咱们俩出去小酌几杯吧。

原来这位师爷和县令是旧相识，而且是关系匪浅的那种，此时这么一打圆场，县令马上知道这里面有事，向唐大人告辞了。

到了酒楼里，两个好友抛开官场身份，久违地一起把酒言欢，县令这才知道唐大人重审错判案件的始末。

就在前些日子，唐大人突然要审理那些目击证人，审完之后还当堂改判了，师爷当时就觉得此案必有蹊跷，觉得唐大人这个行为很离奇。回府后，师爷就向唐大人问起了这个案子。

这位师爷可不是个只负责案头工作的文书，他是真真正正的师爷，是唐执玉最亲近的幕宾之一。幕宾就是幕僚，也叫幕友，虽然没有官职，但是是官员理政处事的左膀右臂，这位师爷已经跟随唐执玉很多年，深受倚重，既然他开口问起，唐大人自然不会隐瞒。

原来前几日有一天夜里，唐大人自己在书房看东西，听见门外有异响，就叫小丫鬟出去看看，谁知道小丫鬟一出门就尖叫了一声，然后没了动静，唐大人觉得不对劲，赶忙起身出了房门。

一出门可把人吓个半死，一个血流满面的男子正在台阶下跪着，小丫鬟已经昏死在一边了。唐执玉厉声呵斥，问那男子是谁，没想到对方恭恭敬敬给他磕了头，回禀说他叫王某，此时已经是鬼不是人，只是因为杀害自己的凶手是李四，但官府错判成了张三，自己在九泉之下愤恨难平，这才求了判官放自己来申冤。

唐执玉是信鬼神的，正因为他信，所以他不怕，因为他持身守正，无愧天地，所以就算是鬼，也没什么好怕的。听完这个鬼的话，他就想起前两天确实判过一个案子，是有个死者姓王，他就对那个鬼说："我知道了，你且去吧，我自会再审。"那鬼这才离开。

因为死者魂魄亲自来申冤，所以唐执玉觉得案子肯定是判错了，重新审问了一遍证人后，发现每个人描述的老王的衣着、血迹都和那个鬼十分接近，心里更确认了，这才推翻了前面的判决。

听了此事，县令惊讶得合不拢嘴，呆滞地张着嘴看着师爷。师爷微微一笑拍了拍自己的老友，说我知道你很吃惊，觉得这也太离奇了，对吧？但是就算再英明的人，也难免有一时之迷啊，所以我才设法让大人明白了这个死鬼报案的关窍所在。

师爷是怎么做的呢？人家是靠脑子吃饭的人，当然不会当场就说大人你是不是傻了啊？哪儿有鬼啊？你让人给玩了呀！

那样成何体统！人家师爷很严肃，问唐大人："那个鬼离开的时候您看见了吗？"唐大人说看见了呀，我跟他说完我会复审之后他很感激，磕了几个头就越墙而去了。

你听听，越墙而去，就是翻墙走了嘛。师爷还是很认真，说原来如此，越墙而去了，听起来功夫很好的样子，但是大人呀，您可能是一时不察，忘了一点儿小事。

唐执玉问是什么事？

师爷说这鬼怎么能越墙而去呢？自古以来对鬼的记载都是"有形而无质"，他只有人形，但没有人身呀。鬼嘛！离开的时候当然是凭空消散，怎么还能翻墙啊？这和人有什么区别！这个鬼也太没有神通了。再者说了，他既然能说服阴司地府的判官放他回人间，何不自去报仇，反倒跑来吓唬大人，既无神通又无礼法，真不是个好鬼。

师爷半开玩笑半认真，唐执玉何等机敏，一下子茅塞顿开，老脸都红了，心里已经意识到自己多半是被骗了，但还是不太死心，安排师爷悄悄去看一下那个鬼翻墙而去的位置有没有什么异样。

恰好前两天刚刚下过一场雨，师爷带着人扶着梯子上了墙头一看，几个沾了泥污的脚印赫然在目，瓦片倒是分毫未损，可见这个扮鬼的人不光胆子够大，敢夜闯总督府，而且确实身手了得，极有可能是个当地的飞贼，肯定是张三和外面的家人花重金雇来的。

张三自己杀的人，肯定知道死者穿什么衣服、哪里受伤最重嘛，按原样打扮就行了。

被师爷揭破骗局后的唐大人羞愧至极，急忙忙就要重新翻案，正巧赶上一根筋的县令来据理力争，赶紧二话不说就把案子恢复原状了。但是唐大人毕竟是直隶总督，怎么好意思跟小小县令说自己是被人骗了呢？

县令听完这些话又是可笑又是恼火，可笑的是唐大人竟然也有这种千里马失蹄的时候，恼火的是张三都在狱中了还不死心，居然还能伙同外面的家人动这种匪夷所思的手脚。县令越想越气，一摔酒杯："我回去就好好查办他的家人！"

师爷赶忙制止："不可不可！哎呀，我说兄台啊，你可真是死脑筋，案子翻回去就行了，好人没有错杀，恶人没有逃脱，也就罢了，你心里记着有这个飞贼扮鬼的事情，日后有牵涉恶贼的罪行了你再悄悄审查，此时可不宜声张此事，只当没有这回事吧。"

县令正要问这是为何，心想我得抓了那个飞贼给唐大人出气啊，转念一想，马上明白了，唐大人肯定不想再提起这事了！太丢脸了！我抓个飞贼能有多大的功劳？到时候唐大人被骗的事情传得沸沸扬扬，那可全是我的罪过了。

多亏了这位身在幕后的师爷，唐大人的脸面、县官的公正、李四的清白，这下子全都保住了。此后所有人对此案讳莫如深，结果被这个多嘴的纪晓岚给写下来了。

本回故事：纪昀《阅微草堂笔记》之《滦阳消夏录》

第一九回
临海令

好友来访惨死小姐闺房
替身情人揭开桃色凶杀

看起来凶徒是先杀男的后杀女的，
男子应该是在第一时间就失去了大
部分反击能力。那凶徒刀刀凶残无
比，似乎是有着极大的仇恨，像是
失去理智一般。

好姻缘是恶姻缘，莫怨他人莫怨天。
但愿向平婚嫁早，安然无事度余年。

　　咱们讲过了很多古代案情类的故事，有一些故事曲折离奇，可以说有些案子发生于意外、侦破于意外，或者是由很多个意外串接而成的。咱们作为读者，注重的是这些案件的故事性，有点儿接近于咱们看电影的时候，会尤为关注电影情节的起承转合。而有些案件，咱们回头一看，会发现其实它的情节很简单。那咱们在这儿津津有味地聊什么呢？聊的是人性。很多看似简单的案情里，其实推动事件发展的，都是复杂的人性。

　　所以我们写这本书是有点儿小贪心的，既想分享一些剧情跌宕、匪夷所思的奇案怪案，又想在一些简单灵巧的小故事里拾取一些案件之外的信息和大家一起探讨，但愿能够兼顾吧。

这一回的故事来自冯梦龙的著作。有人肯定就想说了，嘿，知道了，"三言二拍"嘛，咱前面说过的。不是，这一回的故事可不是来自"三言"，而是来自冯梦龙的另一部大作，叫《智囊》。

这个名字有点儿太现代化了，听着跟机场书店摆在最前面的那些讲职场成功学的书似的。这部书和冯梦龙的"三言"不一样，基本上单篇篇幅都很短，而且有史可查、有据可依的内容居多。这部书的内容之丰富称得上叹为观止，作者在这本书里搜集整理了上起先秦，下至明代的历代智慧小故事，共一千二百多篇，简直是一部小型史料库。咱们以前也提到过，冯梦龙的专长就是编撰，你说这么多历史上的小故事，正史有记载的也罢，野史能搜到的也好，他全都给集结起来，光是这个能力就令人称叹了。那可是明代，咱们现在打开手机、电脑输入几个字就能找见一大堆信息，在古代想完成这点儿事，可是要付出几十上百倍的劳动的。

所以这部《智囊》也是一本了不得的书，想起我们小时候，有本风靡全国的杂志叫《故事会》，它能畅销不衰不就是因为它一门心思讲故事嘛！而且都是短小精悍的小故事。那人家古代的老百姓肯定也有一样的爱好啊，所以这部《智囊》当时可把书商们喜欢坏了，非常畅销，用今天出版界的话来说就是一版再版，赚得盆满钵满。

《智囊》里的一千二百多则小故事，主人公上有王侯将相，下有贩夫走卒，涵盖了社会的方方面面。我突然想起一个细节，这部书中有一个章节是专门褒奖女性的，记叙了很多位富有谋略、见识卓著的女性，这在封建时代是很难得的，尤其他当时还生活在阉党专权的恶政时期，可见冯梦龙的格局之高。

咱们先挑其中一个案件来聊一聊，这个案子在原书中叫《临海令》，就是记录临海县令的一则智断奇案的故事。临海，估计就是咱们今天浙江省的临海市，这个地方好像在三国时期就叫临海了，是一个历史悠久的地方。

临海县有一户人家，咱们就称之为老王家吧。老王家虽然不是大富之家，但是家里也算是殷实，家里只有夫妻二人和一个女儿，有那么七八个下人，日常生活过得平静安乐。

这天，老王家里难得地出现了满院子热闹的情形，因为有远客来访。来的是一对夫妇，与老王夫妇是相交多年的好友，前些年举家迁往异地，今年返乡来小住。这两家以前是非常要好的朋友，几年未见，老王夫妇高兴得不知道如何是好，家里平常清净惯了，好不容易有朋自远方来，说什么也要让好友在家里小住几天，好好叙叙旧。

好友夫妇也不推辞，毕竟是至交，以前在家乡的时候两家也常有这种你们来我处住几天、我们去你家住几宿的事情。老王夫妇忙着指挥下人给收拾打点，好友夫妇这就住下了。

第二天说好几个人吃过早饭一起去外面转转，想着好友多年在外，肯定也想看看家乡风景。不知道怎么回事，老王夫妇守着一桌子丰盛的早餐，左等右等也不见好友过来，本想着他们二人前些天舟车劳顿肯定是要多睡一会儿，但是眼看日上三竿，这睡得也太沉了吧！算了，老王说我还是去叫他们起床吧。

到了房门外，咚咚咚敲了几下门，房间里鸦雀无声。老王觉得有点儿奇怪，叫了两声好友的名字，还是没有回应，心想难不成是大清早就起床已经出去了？边想边推开了房门，这一推门，把老王吓得大叫一声，声音都变了。

家人听见老王惨叫，急忙忙都赶过来，有两个下人离得近、跑得快，几步就蹿进了房间，接二连三地发出瘆人的尖叫声。

好友夫妇竟惨死在了床榻上！床榻上的被褥虽然渗了很多血，但那鲜血仍顺着床板床沿流了一片，血腥味扑鼻而来，老王已经瘫软在地，下人们也被吓得几乎想拔腿就跑，没有一个人敢上前查看。

虽然大家伙儿不敢上前查看，但还是有能稳住心神的下人，赶紧冲出家门去报官，结结巴巴地说家里出了血案，临海县令便立即派人去查看。

差役们来了之后也受惊不小，虽然听说是血案，心里已经有了准备，但是没想到现场如此骇人，明显一个个都准备不足，脸都白了。那对好友夫妇躺在床上，被人用刀砍杀得几乎连脖子都要砍断了，尸体惨不忍睹。

尸体被差役带回去交给仵作检验，老王家这个房间也被明令禁止任何人入内，以防有什么重要线索被破坏。老王夫妇此时已经昏厥过去数次，几乎连自行站立都不能了。但是再害怕、再虚弱也不行啊，人是在你家出的事，你脱不了干系，于是老王夫妇让下人们搀扶着，跟着差役去了县衙。

到了县衙，县令已经在大堂等着了，前面有先回来的差役把案子说了个大概，县令也吓了一跳，心想这是什么仇怨，能追到人家朋友家去杀人？

县令仔细询问老王夫妇和死者的关系，又问了死者是因为什么回乡的。因为县令首先怀疑这二人是在外面惹了什么仇家，为了避祸才回了临海，没想到仇家穷追不舍，竟然追到老王家来了。

老王虽然又惊又怕又悲恸欲绝，但是脑子还是清楚的，仔细回忆了昨天好友和自己聊天时的所有细节，并没有发现一丝异样。好友在外地生活得很正常、很太平，要是与人结怨甚至有性命之忧，一定会告诉自己的，他们的关系太好了，绝不会隐瞒。但是并没有啊！一丝一毫的异样都没有。

县令陷入沉思了，心想：无外仇，怎么死在你家？便说："哎呀，你们昨日接待他们夫妇二人的时候，是哪几个下人经手伺候的？"

老王仔细回想，嘴里喃喃自语："刘二、老钱、许妈……"说着说着突然意识到不对劲，惊讶地看着县令："大人您不会以为是我家中的人杀了他们吧？！"

县令不高兴了，说："这有何奇怪的？他们与下人接触，或许言语之中反客为主苛责了哪个下人，惹得下人心生怒火，临时起意有了杀机也未可知啊。"老王急得手都抖起来了，大呼："不可能！绝对不可能！大人啊，我们家这些下人都是多年的老仆了，时间最短的也在我家待了十余年，我朋友是前两年才去的外乡，以前整天来家里寒暄吃饭，和我家中的下人个个都是老相识，他们这次回来，我们家有几个下人比我还高兴呢，怎么可能有您猜测的那种事？绝无可能！"

老王说这番话的时候县令一言不发，但是目光炯炯，仔细观察着老王的神态，看老王并不像是撒谎，情真意切，心里不禁有些迷惑了：外面没有仇家，家里又都是故人，谁会半夜闯进屋杀这么一对离乡多年的夫妻呢？

突然县令猛地眼神一亮，厉声质问老王："是不是你们夫妇二人在外面有仇家，结果凶徒前来杀你们的时候认错了人？"

老王一愣，说："大人您不能这么吓唬人啊，怎么不怀疑我们家下人了又开始折磨我了？我哪儿有什么仇家啊？再者说了，就算是来杀我的，不管那凶徒认不认识我的面目，也必定不会杀错人。我和夫人住在正房，我朋友夫妇是被安排在我女儿的闺房里住的呀！哪个凶徒杀一家之主会跑去小姐的闺房行凶？！"

听到这里，县令长长地"哦"了一声，半天沉吟不语，似乎是在整理思路。

这边县令还在沉思，下面仵作来报，说验尸结果出来了，二人皆是脖子中刀致死，头面部和胸口部亦有刀痕，尸身上有反抗的痕迹，但是看起来凶徒是先杀男的后杀女的，男子应该是在第一时间就失去了大部分反击能力。那凶徒刀刀凶残无比，似乎是有着极大的仇恨，像是失去理智一般。

听完仵作的话，县令还没回应，这边老王"啊"的一声昏死了过去。等旁边的人把老王连掐带喊弄醒，仵作已经下去了，县令此时的表情柔和了许多，看上去还带了几分怜悯之情，跟老王说你先在一旁歇息一会儿吧，我等下要审你女儿，已经派人去带她来了。

老王一听又急了，差点儿再昏过去一次，跳脚大喊："大人不可如此啊！"老王的女儿正在妙龄，还未出嫁，这个年纪的女孩子怎么可以随便出入公堂，这传出去以后怎么嫁人啊！他们夫妻对女儿视如珍宝，今天家里出了这样的事，在如此混乱的情况下，老王还不忘让下人把小姐带回偏房好好待着，千万不敢看见血泊，怎么县令要审女儿？

县令又看了看老王，脸上的怜悯之情更多了一层，令人摸不着头脑。他不管老王大喊大叫，只挥挥手说要么你就安静在这里待着，要么就跟着衙役先下去。

老王哪里肯下去，这会子整个脑子都乱掉了，心想这个县令怎么回事！如此昏庸！

说话间，王小姐就被带来了，袅袅婷婷一个小女子，被家里的老妈子扶着，看起来已经被凶案吓得魂不守舍了，上了堂未曾开言先哆嗦。县令看了一眼堂下的王小姐，突然把惊堂木"啪"地一摔，厉声大喝："你的奸夫是何人？速速把姓名报上来！"

这一声厉喝真好似银瓶乍破、天雷滚滚，公堂之上一片死寂，众人个个瞪起双眼，满堂呆若木鸡，老王猛地回过神来，直气得三尸神暴跳，七窍内生烟，立马就要冲上去和县令搏命。就在此时，耳边传来细细弱弱的一个哭腔："是……林秀才……"

老王猛地扭头看向女儿，刚才这句话确确实实是从女儿嘴里说出来的，气若游丝的一句话，听在耳朵里真好比地府无常的索命绳，老王只觉得脑子一阵轰轰隆隆，差点儿又昏死过去。

原来这位临海县令可不是个酒囊饭袋，非但不是酒囊饭袋，而且还是个极精明睿智之人，在对老王的讯问中，一个个最常见也最合理的犯罪动机都被排除掉了，当老王无意间说到死者夫妇住的是他女儿的闺房时，县令大胆推测：这是情杀。如果不是专程来杀死者，那么此人就是专程来找小姐，不然很难理解他直接去了闺房而不是其他房间。什么人会半夜潜入一个妙龄少女的房间呢？如果是淫贼，看见床上有两个人，悄悄离去也就是了，为何会起杀机？只有一个解释，那就是这个凶手是小姐的情人，半夜三更猛然看到床上有一男一女，肯定是误以为小姐另有新欢，一时怒不可遏挥刀杀人，这也能解释为什么死者的伤口那般骇人，很明显是怒火攻心、失去理智后下的毒手。

县令看那小姐心神恍惚，便趁她不备一声大喝，确实收到奇效，王小姐当即被吓得双膝酸软、肝胆俱裂，不由自主说出了奸夫的名字。

只是可怜老王一直以为女儿冰清玉洁，没想到……老王此时羞愤交加，恨不得要触柱而亡了。

不一时，那个林秀才被带来了，看起来竟比老王更生气，"岂有此理，岂有此理"地喊个没完。没想到王小姐被带上来与之对质的时候眼神中竟透出一丝惊惧，县令马上觉得有隐情，不动声色地讯问林秀才何时与此女有的奸情。林秀才怒气冲天，说："我和她哪儿来的什么奸情？我都不认识此女！亏得大人提醒，说她是王家的小姐，我只在几个月前听一个卖婆跟我攀扯，说有个什么王小姐曾见过我，有意与我相许，我并不曾应允！如何就成了她的奸夫了？！"

卖婆这个词咱们得解释一下，古时候很多夫人、小姐不怎么出门，一些年纪比较大的妇女就去别人家里售卖一些小玩意儿，卖婆就是这么一个行当。所以卖婆认识的人也比较多。

县令又问王小姐，你既然指认此人与你私通，那你除了知道他的名字之外，总还得有些其他证据吧，总不能空口白说。王小姐不知道怎么回事，这会儿看着林秀才有点儿恍恍惚惚的样子，喃喃说道："他右胳膊上有很大一颗黑痣。"

还没等县令说话，林秀才霍地一把撩起了袖管："哪里？哪里有什么黑痣？！"众人定睛一看，挺白的胳膊，干干净净。

竟然是王小姐诬陷他？非也非也。县令在这观察了半天她的神色，已经知道这个林秀才大概不是与王小姐私通的那个人，因为王小姐看林秀才的眼神一会儿疑惑一会儿震惊，很明显是在跟自己记忆中的那个人做对比。她与人私通虽然都是在深夜，看东西也看不清楚，但大致轮廓总能记得吧？不然怎么会看得清那颗大黑痣呢？很明显是有人冒充林秀才去找她，而她一直蒙在鼓里。

谁会冒充林秀才呢？如此隐秘的女儿心思谁能知道呢？只有那个卖婆。

王小姐确实曾经偶然见过一次林秀才，也只向卖婆问起过，卖婆还信誓旦旦地给她去说合，后来有一夜林秀才来找她，她也只当是卖婆去说过的。而林秀才也说了，他压根儿没答应啊！

那来的是谁呢？

县令问了问旁边的老衙役，你们可有人认识那个卖婆？有两三个人都说认识，说那卖婆整天忙碌得很，得赚钱养活她的泼皮儿子。

县令一声冷笑："哦？儿子？"

几个衙役七嘴八舌地说，卖婆的儿子纯属泼皮无赖，成日醉酒闹事，整天身上还带着利刃，简直是个祸害。

利刃！说到这儿，连衙役们都忍不住你看我我看你了，都觉得心里恍然大悟。县令马上派他们去街上把那泼皮抓来，等人抓到的时候，还没进大堂已经有一个衙役快步跑进来禀报："大人，没错了！我们看了，那厮胳膊上确实有一颗大黑痣！"

闻听此言，王家父女双双昏死过去。

原来，确实是卖婆在自己家说了王小姐看上林秀才的事，没想到她的泼皮儿子半夜就前去假扮林秀才，可巧这个王小姐也是糊涂，竟然真的以为是林秀才。王小姐以为自己是在和林秀才相会，那泼皮反倒是动了真情，对王小姐爱慕得不得了，没想到前天半夜去到闺房，竟然看见床上躺着一男一女，当时把泼皮恨得血灌瞳仁，以为王小姐竟然对自己不忠，抽出随身的尖刀扑上去就砍杀了两个无辜夫妇。

真相大白，县令也很唏嘘，真是无妄之灾！可怜那对夫妻，也可怜老王夫妻，这可如何是好？今后如何过活呢？

据说在电视剧《大宋提刑官》里也用到了这个案情，感兴趣的朋友可以去看看。

本回故事：冯梦龙《智囊》之《临海令》

第二十回
鬼断案

乡下散心七旬老人坠爱河
画里乾坤鬼老太守现公堂

这么好一个姑娘，没爹没娘，整天干这
种粗活，这不是暴殄天物吗？这不是美
人蒙难吗？这怎么行呢？不行怎么办
呢？倪太守想了个好主意：我把她娶了
不就行啦！

玉树庭前诸谢，紫荆花下三田。
埙篪和好弟兄贤，父母心中欢忭。
多少争财竞产，同根苦自相煎。
相持鹬蚌枉垂涎，落得渔人取便。

　　这一回的故事还是来自咱们熟悉的冯梦龙，是
"三言"系列的开局之作《喻世明言》中的一个经典
篇章。

　　其实，冯梦龙最开始编纂这部书时，大概已经有
了做系列书的打算，所以这部书最初的名字叫《古今
小说》，刊刻的时候写的是《古今小说一刻》，就是第
一部嘛，很明显后边还想接着写，就像"二拍"的名
字似的，《初刻拍案惊奇》和《二刻拍案惊奇》，通俗
易懂，一看就是同门师兄弟，"拍"字辈的！

　　但是这个《古今小说》到了加印的时候，名字改
成了《喻世明言》，之后又出了《警世通言》和《醒世
恒言》，可见在起名字这方面人家冯梦龙是有追求的。

　　这一回的故事在《喻世明言》里叫作《滕大尹鬼断家私》，"大尹"是个官称，但不是正式官称，正式的官称咱们很熟悉，就是知府。"大尹"算是知府的别称，这个称呼在以"三言二拍"为代表的明朝小说里经常出现，有时候县令也被叫作"县尹"。这个故事里的滕大尹其实是个县尹，也就是县令。

　　这个故事讲的就是一位姓滕的县令断一桩家庭财产纠纷的案件。这个很有趣，咱们现在的电视上也有一些对家庭纠纷进行调解和法律援助的节目，你如果看过那些节目，甚至如果你身边就发生过类似的事情，你就会忍不住感叹：有时候这个家庭内部矛盾啊，可真比外部矛盾尖锐多了。

　　这个故事在咱们的另一个老朋友——余象斗的笔下呈现过，出现在他编撰的《廉明公案》里，从时间上来看是余象斗这版在前，当然在故事性和文笔上就远不如冯梦龙了。《廉明公案》中这个故事叫《滕同知断庶子金》，庶子就是小老婆生的儿子，这个名字就更一目了然了，是一个家庭内部嫡庶争夺遗产的事。有趣的是这位滕大人的官职，大家注意到没有？《廉明公案》里滕大人还是个"同知"，同知是什么官？是知府的副手，二把手，到了冯梦龙笔下，把这个官职往下撸了一点儿，成了县里的一把手了，感觉冯先生似乎对滕先生的为官为人不是很满意。

故事发生在明朝永乐年间，"永乐年间"四个字，听着就给人国泰民安的感觉，事实上也差不多，就在这个永乐年间，发生了很多大事，比如朝廷定都北京，《永乐大典》编纂完成，郑和下西洋等，可见这是个国力昌盛的好时期，所以后来很多人称呼朱棣为"永乐大帝"。永乐年间的顺天府香河县，有个退休的太守，姓倪——这里又出了一个别称，"太守"也是知府的别称，这个倪老头以前是正经当官的。

倪太守退休在家可有些年头了，如今已经年逾古稀，七十多岁了，夫人早已经过世，膝下只有一个儿子，咱们就叫他倪大好了，如今已成家立业，自己都当了爹。

倪太守是个有钱人，房产田地很多，但是毕竟年纪大了，家里除了自己就是一院子的下人，整天难免觉得没意思，就喜欢让下人抬着轿子去乡下散心。到了乡下无非就是在自己相熟的几个大佃农家里歇歇脚，吃点儿人家精心准备的农家饭，看看田间地头的鸡鸭鹅，感受一下东篱之趣。

有一天，倪太守从乡下回来以后，精神头就不一样了，整个人红光满面、气质昂扬，怎么回事呢？他在乡下经历了一场邂逅。这天也不知道怎么回事，倪太守突然见到了一位少女，正在地里干农活，他多看了人家几眼，眼睛就挪不开了，怎么看怎么可心，就忍不住向佃户打听了一下。没想到是个孤女，那女子姓梅，我们就叫她小梅吧，只和自己的奶奶相依为命，为别人种田赚一点儿糊口钱。倪太守一听更是怜爱得不知如何是好，这可怎么办呢？这么好一个姑娘，没爹没娘，整天干这种粗活，这不是暴殄天物吗？这不是美人蒙难吗？这怎么行呢？

不行怎么办呢？倪太守想了个好主意：我把她娶了不就行啦！

没想到这老头儿竟然动了这种心思，更没想到的是，佃农去跟那个姑娘的奶奶一说，竟然成了。奶奶也不知道咋想的，说不定以她的岁数还得管倪太守叫声大哥呢，可能是听说倪太守家里没有大老婆，儿子也已经自立门户，估摸着孙女嫁过去怎么也比现在的日子强吧。

反正这事就这么办成了，别说倪太守还真不是很多人以为的那种人，对小梅是爱护有加，说不上是疼爱还是怜爱吧，反正是老铁树开花，这日子，突然就焕发朝气了。

朝气一旦唤醒，就势不可当了！没到半年工夫，小梅竟然怀孕了！倪太守高兴得差点儿要去张灯结彩，还是小梅给劝住了，这个姑娘非常本分得体，说我这么一个小老婆，如此受宠已经很惶恐了，可不能再大张旗鼓，免得外面人说三道四，对老爷您的颜面有损。

倪太守很赞赏小梅的贴心，就不声张了，安安心心找好大夫给小梅养胎。到了第二年，小梅生下一个儿子，倪太守又一次喜当爹的消息这才传遍了十里八乡。

要说从小梅进家门到小梅生子，谁最受不了这个事呢？那还用说嘛，肯定是倪大啊！这也是人之常情，自己都有儿子了，突然来了一个比自己小很多岁的庶母，这肯定不能认啊！但是想到老爹的晚年幸福，也就忍了，随你便吧，过几年你驾鹤西归，我再把她扫地出门就是了。没想到现在突然有了个弟弟，成何体统？我颜面何存？这还怎么扫地出门？这是想跟我把家里的地一分为二啊。

但是毕竟这个家的偌大家产都是倪太守毕生积累的，倪大无非就是个啃老的富二代，再生气也不敢真跟他爹翻脸，他的宅院是和他爹的大宅相连的，相当于还是生活在一个屋檐底下，好在宅邸足够大，不用天天在彼此眼前晃悠，这倪大心里有气，憋着就行了。

转眼过了几年，倪太守撒手人寰，活了八十多岁，也算是高寿了，只可怜少妻幼子一下子无依无靠。说起来这个倪太守也是令人费解，活着的时候对小梅母子很是爱怜，没想到死之前竟然把家产全部留给了倪大，并没有分出些钱财和田产给小梅母子，只是留了遗嘱让倪大善待后母和幼弟。

这不是痴人说梦吗？你活着的时候倪大看在遗产的分上还能勉强惺惺作态，如今你要死了，把祖产都分给大儿子，只说不让把小梅母子撵走，这不是活活把小梅母子往火坑里推？凡知道此事的百姓没有不暗地里骂街的，只有倪大夫妇高兴得合不拢嘴，连声感叹：不愧是我爹，错怪他了，原来只是拿那娘儿俩当宠物。

既然已经得到了遗产，倪大也不好再做出赶尽杀绝的事情来，毕竟还有个"善待小梅母子"的遗嘱不是？于是就随便把这娘儿俩安置到了老宅里，只打发了一个十几岁的小丫鬟给他娘儿俩当下人。

那老宅年久失修，小梅领着儿子就在那里苦苦生活。但是这个小梅虽然是农家孤女，为人却极为宽忍和顺，向倪大低声下气讨了些薄银，供儿子在私塾里读书，虽然平时倪大给的糊口费用极少，但是也从不叫苦，只低头勤俭度日。母子二人就这样相依为命，转眼，小儿子就十四岁了。

十四岁的孩子也颇有一些自己的心思了，就忍不住向母亲抱怨，说都是一父所生，凭什么哥哥就锦衣玉食、豪宅大马，自己就要受这种苦？小梅隐忍多年，如今被儿子这么质问，终于觉得到了为他们母子讨还公道的时候了。

这一年香河县来了一位新任县尹，姓滕，在百姓中声望极好，说这位滕大尹有案必接、有冤必平，这一天小梅就揣着一个卷轴去县衙报官了。

滕大尹果然是有案必接，虽然小梅来的时候说并不是要状告何人，只是请大老爷给孤儿寡母做主，他也不计较，就叫小梅把家里的事说了一遍。说完后，滕大尹有些摸不着头脑，说老爷我是很同情你们母子，但是你们现在这个处境是你丈夫生前在遗嘱里安排的啊，你再委屈我也不能强行把人家倪大的财产分给你们呀！

小梅掏出那幅卷轴，说出一番令人意外的话来。原来倪太守在临终前半年左右，预感自己行将就木，有天悄悄给了小梅这幅画轴，说他深知自己的大儿子不是善类，现在小梅孤弱、幼子懵懂，自己死后就算给他们母子留下财产，也一定会被倪大抢走，甚至有可能为了争财产加害他们母子，所以让小梅暂且忍耐，等到儿子长到十来岁时，多留意县衙的官员口碑，到时候如果遇到有民望极高的好官，可以带着这幅画来求老爷做主。

听完这番话，滕大尹很是惊讶，赶紧打开那幅画，一看是倪太守找画师为自己和幼子画的像，画中倪太守左手抱着幼子，右手指向地下，并没有什么文字指示。

滕大尹询问小梅这是何意？小梅说我也百思不解啊，这些年无论多么艰难我都不曾透露过此事，生怕被倪大知道，这幅画我悄悄看过无数次，真的看不出什么玄机，现在终于等来一位青天老爷，这才冒死前来求救。

被人称为苦等多年的青天老爷，这让滕大尹极为受用，赶紧安抚小梅，说倪太守虽然仙逝，但毕竟曾是我朝命官，他的身后事岂可轻慢？你且回去等我消息，这幅画留给我仔细参详。

小梅拜别之后回到家，万幸她此行谨慎，没有被倪大知道风声，但心里还是惴惴不安，每天魂不守舍地等着县衙的消息。

第三天大清早，许多县里的差役浩浩荡荡地来到小梅家，叫小梅母子赶紧收拾收拾等着滕大尹驾到。另一边倪大家也收到了同样的消息，老宅和倪大的宅院相距不远，倪大一时不知何事，手忙脚乱地叫下人赶紧洒扫庭院迎接滕大尹。

又过了一会儿，滕大尹还没到，倪大家的很多亲族长辈反而来了，倪大很吃惊，这些人来干什么？这些人对倪大也没有什么好脸色，因为自从倪太守去世后，这个倪大自恃财大气粗，跟族中远近各家都不怎么来往，大家伙儿私下里早就说这厮不是个东西，只是今日受了县衙大人的委托，说要来倪大家断一下家产，这才齐聚于此。

断家产？什么家产？倪大一听就蒙了，这都是我的家产！想断给谁？突然一扭头，看见走来的小梅母子，一下子恶向胆边生："好呀！是你们贼娘儿俩去官府了吧？我给你们吃给你们喝，如今还想谋夺我的家产了？！"作势就要扑上去厮打，把众人吓了一跳，差役们怒斥着给拦住了。

正吵闹间，滕大尹的官轿终于到了，倪大也只能暂时忍气。滕大尹下了轿与众人拱手打招呼，突然看向大门台阶上，赶紧弯腰作揖，嘴里恭敬地称呼着："老太守久候了！晚生有事来迟，恕罪恕罪。"

这一下把所有人唬得鸦雀无声，齐刷刷望向台阶之上，那里空空荡荡，这滕大尹在和谁打招呼？老太守？谁啊？咱们这儿可就出过一个倪太守，早死了呀！

虽然大家伙儿被吓得不轻，但人家毕竟是县令，谁也不敢多问，都随着滕大尹进了门。倪大心里七上八下，陪在一边，把滕大尹请进了正厅。

进了正厅，本来倪大一直弯腰伸手，引着滕大尹上主位落座。没想到滕大尹也微微弯腰伸手，对着身边的空气谦恭讲话："不敢不敢，老太守您请！"看样子是把一个谁也看不见的"老太守"给让进了主座，然后他自己在一旁坐下了。

倪大虽然已经吓得满头大汗，但总得问一下大人是来干什么的吧，谁知道刚要开口，那滕大尹却歪着头对着那个空荡荡的主座聊了起来："是是是，这位就是您的大儿子呀！哦……叫倪大，哈哈，您此前已经向晚生说过了。"一边说着一边斜眼看了倪大一眼，差点儿没把倪大看昏过去，什么意思？我爹的鬼魂回来了？现在在那儿坐着呢？我怎么看不见！

别说倪大看不见了，谁也看不见呀！

但是谁也看不见，谁也不敢说，一屋子人呆若木鸡，等着滕大尹和倪太守的鬼魂聊天结束。

终于滕大尹聊得差不多了，站起身又是作揖又是引路的，把谁也看不见的老太守给送出门后，这才回过身来问众人："刚才还有谁看见了老太守呀？"

众人你看我我看你，都轻轻摇头，滕大尹倒是满脸惊讶，说不会呀，他还给你们打招呼了呢！他说他今天心情好，特意穿着他八十岁寿宴时穿的衣服，你们当时都来了，必定都记得。

滕大尹描述了一下倪太守的衣着打扮，族里有几个以前跟他亲厚的老人，一下子绷不住了，坐地大哭：果然是老太守回来了！原来滕大尹描述的竟然真的是当时倪太守寿宴时的装束，这要不是鬼魂来了，如何说得清？滕大尹当时还没来过咱这片地界呢！

虽然人群中还是有几个人觉得事发蹊跷，心里将信将疑的，但是接下来滕大尹的话把这几个人也给震慑住了。滕大尹直接问倪大："你父当时遗笔，将家中财物田产都留给你了，没错吧？"倪大点头如捣蒜："没错没错！"

滕大尹说那就好，我昨夜受你父亲魂魄相托，来你家处理家私，并不是要推翻此前遗嘱，你大可放心。倪大一听，忍不住喜上眉梢，心说莫不是小梅母子想争家产，家父亲自托梦叫县老爷来给我撑腰了？

此时滕大尹突然又问："你父亲说你家和老宅中间还有一处破旧院落，当时并未写在遗嘱上，是不是？"

此言一出，屋里的众人都开始交头接耳，倪大一愣，说是有一个小破院落，父亲在世时就已经荒废，后来我把它当作仓库了。

滕大尹说好的，你父亲刚才跟我说了，如今你弟弟也已长大，眼看快到弱冠之年了，他们母子寄人篱下总归不妥，望你能有体恤之情，将那个破院子分给他们，从此两清，各立门户。

众人纷纷小声交流，这种破败家产，如果不是倪太守亲口所说，县太爷如何得知？如此看来，这个倪太守还是心疼孤儿寡母，只可怜人已经死了，无法为他们争取太多，这破院子想必倪大还是肯给的吧。

倪大当然肯了，忙不迭地说全凭家父和老爷做主，此事即刻可办！

滕大尹冷笑了一声，说："嗯，你倒乖巧，那咱们且去看看吧。"

到了破院子一看，仅有房舍三间。倪大张罗着叫下人把自己存的粮食往自家里搬，啬吝之相令人作呕。小梅母子可怜巴巴地看着滕大尹，虽然分到了家财，但是万万没想到是这样一个破院子，一时心酸落泪，相对无言。

滕大尹看了看众人，说各位都是族中长辈，今天就要做出倪太守家产分割一案的终判，从今往后，这个院子里的任何东西，都归小梅母子所有，各位都认可吗？

众人还没说话，倪大抢着大喊："认可！认可！剩下几袋子粮食我也送给他们了！以后这院子就是他们的！"滕大尹哈哈一笑，抬手指着主屋两边的墙角，对手下的差役下令："挖开！"

随后，震惊全场的事情发生了：在所有人的注视下，这个破旧房屋的墙角里，居然被挖出了整整十坛银子，每坛竟有一千两银子，另有一个坛子，装的竟是满满的金锭。

这一下全族众人无不欢欣，小梅母子更是喜极而泣，跪地向滕大尹叩头不止，口中直呼神仙。只有刚刚亲口说了这院子和自己再无瓜葛的倪大，震惊心疼得几乎要昏死过去了。

滕大人真有什么神鬼之术吗？怎么可能？其实他前两天对着那幅画轴苦思不解，一不留神把茶杯倒在了画上，赶紧拿出去晾晒，一抬眼发现在太阳光下画上隐约有字，突然想起如果裱画时上下两层纸用的材质不同的话，夹层可以掀开，急忙拆开一看，果然夹层中有倪太守的亲笔信。

原来，倪太守深恐幼子被害，只能托付小梅等儿子长大些，遇到名望极高的清官时再去求助，寄希望于清官发现这个夹层，夹层上面详细写了自己在破屋中藏银的地点。

滕大尹描述的老太守的衣着打扮，其实就是画像中的老太守的样子，因为画轴上写着"八十寿宴行乐图"，他才出了这么个主意。为什么不直接拿着这张纸断案，非要装神弄鬼呢？这里边就有事了。一是因为滕大尹希望借此博得一个通神的传奇名声，二是因为倪太守在纸上写的是请小梅母子重谢官老爷三百两银子，而这个滕大尹呢，告诉大家倪太守非要把那一坛金子送给自己！

于是滕大尹把信取走，把画幅重新裱好，假装自己通神见鬼，这一下子，抱得大名不说，还名正言顺地拿走了一坛黄金。这个官，真是奸猾老辣呀！

本回故事：冯梦龙《喻世明言》之《滕大尹鬼断家私》

第二一回
血衫案

神秘男血衫现闹世
包龙图做戏捉真凶

这男子边说边挥动手臂，衣袖上沾满的鲜血似乎还在飞溅，周围的百姓个个吓得面如土色，纷纷叫嚷起来：早都听说外面出了强盗，此前只说劫财，如今都杀人了！咱们紧着报官去！

清心为治本，直道是身谋。
秀干终成栋，精钢不作钩。
仓充鼠雀喜，草尽兔狐愁。
史册有遗训，毋贻来者羞。

　　上面这首诗的作者了不起，乃是包拯包青天。很明显，咱们要讲的这个小故事就是关于包大人的。这个故事来自《龙图公案》，这部书咱们提到过，是本没有作者的书，摆明了人家就是为了卖书挣钱，从别处东挪西借了不少故事，所以书商也就不给他署名了。结果这本书凭借故事本身的质量，获得了长久的生命力，这说明这本书很受历朝历代的百姓读者欢迎。

　　完整版的《龙图公案》里有一百个小故事，主角都是包龙图，也就是包拯。包拯作为历史人物，后世的文艺创作使他的"青天"形象不断丰满，最终成为一个亦真亦幻、半人半神的文学形象乃至神话形象，他身上可以说是汇聚了无数创作者和传播者的力量。

"龙图"本是宋朝的官职，宋朝的第三个皇帝宋真宗建了一个"龙图阁"，就是皇家的藏书阁，后来设立一个官职叫"龙图阁学士"，其实这是个虚衔，类似于荣誉称号，结果后来一说到这个称号，大家首先想到的就是包拯。

据说咱们的大文豪苏轼也被授予过这个荣誉称号，但几乎没有听人叫过苏轼"苏龙图"，所以这个毫无实际用处的头衔能流传至今，基本上是靠关于包拯的无数个小故事传播开来的。包龙图，一听还以为是多大的官呢！结果就是个荣誉称号。

事实上，包拯在世时就因为刚正不阿、廉洁公正而极得民心，得多少荣誉称号都是应该的。清官难得，才智超群的清官更难得！所以包拯去世后，宋仁宗亲自前去吊唁，而且辍朝一日，意思就是一天不上朝，为了表达哀思，这是对名臣很高的礼遇。

说起包拯断案，大家最熟悉的就是那句唱词："包龙图打坐在开封府。""开封府"也是包大人的重要标签，但是咱们要讲的这个故事可不是发生在开封，而是发生在端州，也就是今天的广东肇庆。当时包大人是端州知府，据说现在端州还有一口古井，就叫"包公井"，相传是包大人在当地为官时候开凿的。而咱们开头说的那首定场诗，就是包大人在端州写下的。

端州最出名的是什么呢？——端砚，中国四大名砚之一，距今已经有一千三百多年的历史了，端砚的制作技艺是咱们国家第一批非物质文化遗产之一。包公在端州时就曾有过与端砚相关的传闻，据说历任知府每年都会趁着给朝廷进贡的机会从民间多收一些砚台中饱私囊，但是只有包公在任的时候没有做过这种事，他离任时连一方砚台也没有带走。

要我说咱这位包大人也是太实心眼了，谁也没说不让你买呀，对不对？那么好的东西，索贿肯定不行，你买两块自己用呀？也不知道是因为太贵了舍不得，还是为了避嫌，万一有那不开眼的，非说这是贪污受贿得来的，那就不好说了。

反正砚台是一块没带走，事迹倒是留下了挺多。下面咱们就说说包大人在端州时巧破的一桩案件，这个故事虽小，但是包拯的机敏多智在这个小故事里体现得可谓令人拍案叫绝。

某一天上午，端州最热闹的街头突然出现了一个神色惊慌的男子，身上披着一件氅衣，也就是大袖的长袍外套，氅衣上面滚上了不少泥土，这就够令人侧目了，更吓人的是，那男子的左边袖子和衣摆上浸满了鲜血。

路人看着这样一个男子，又是惊讶又是害怕，胆小的忍不住就要往旁边走，胆子大一些的壮汉，不免围拢过来问问出了什么事，毕竟街坊里还是有热心肠的，想着是不是遭了什么难需要帮忙。

这男子看起来受了不小的惊吓，气喘吁吁地向众人说，他也是本地人士，今早本来是要出城去邻县办事，没想到在路上目击了一桩凶案，可把他吓得不轻，他刚走到城外树林子里时，听见前方的喊叫声凄厉，紧走了几步想看个究竟，没想到一眼望见前面好多个人打成一团，他心里害怕就先躲在一旁，眼看着有一伙儿强盗模样的人在打杀三个男子，不多时那伙强盗散去，随后又有两个被打的人跌跌撞撞离开，他这才壮着胆子往前走，赫然发现另一个被打的人躺在血泊之中，他俯身摇晃半天那人也无声息，看样子是被打死了！

这男子边说边挥动手臂，衣袖上沾满的鲜血似乎还在飞溅，周围的百姓个个吓得面如土色，纷纷叫嚷起来：早都听说外面出了强盗，此前只说劫财，如今都杀人了！咱们紧着报官去！

有那心急的赶紧问这个男子："你怎么不去报官？

跑街上晃荡什么！"

那男子更焦急了，说我怎么不知道该去报官？只是那伙强盗已经跑了，报了官也不是一时三刻就能捉住他们，那三个被劫杀的人我看似乎是同伴，只是不知那两个活着的竟然这般没义气，丢下其中一个全跑了，如今不得先把苦主找到才行？！

众人一听又纷纷附和：说得对，有道理！这位兄台真是好人！只是不知那人是什么打扮，若是知道了咱们也好一起帮助寻一下家人，只怕那家人还不知道出了这样的凶事，可怜至极。

那男子便向众人抱拳，说他看那三个被劫的人都是屠户打扮，看样子是去城外农户家买猪的，想必身上带着钱，被强盗盯上了。

一时间，几个嘴快腿快的热心人已经跑动起来，四处去打听今早有没有出城的屠户，到处传播如今城外有屠户被强盗劫杀的消息。

消息像风一样在城中流传，那男子也没歇脚，跟着两个熟悉这几条街巷的百姓四处打听。说来也巧，他们走进一条巷子里时，迎面急匆匆跑来一个妇人，满脸神情焦灼，一看这男子满身鲜血，眼圈先红了，扑上来问："那死了的人长什么样子？"

　　原来，这个妇人的丈夫正是一个屠夫，姓张，今天一大早就和两个同伴出城去了，她在家门口听到外面的街坊说城外死了一个屠户，有人发现了回来报信，她吓得路都走不稳了，急忙跑出来打听。

　　那报信的男子反问那妇人："你丈夫是什么相貌？今早是什么打扮？"妇人急急地描述了一番，男子想了想，说只看清了是屠户打扮，死的那个人满身是血，他扶起来喊了几声没答应，他也没敢再细看就跑回来了，此时倒不敢说准，万一不是呢。妇人又急又怕，央告近邻陪她出城，近邻一口答应，报信的男子仔细说了城外的地点之后便告辞了。

　　张屠户的老婆和几个邻居刚走了不到一个时辰，张屠户的家门口又喧闹起来，有邻人听见动静出去一看，又惊又喜："这不是张屠户吗？你没有事啊？哎呀，可把你老婆吓死了，都出城找你去了！咦？张屠户你这是……"

　　张屠户怎么了？张屠户被几个彪形大汉架着胳膊夹在中间。"你们是什么人？"邻居大喊，虽然害怕，但毕竟在自家门口，怎么能眼睁睁看着张屠户在光天化日之下被人挟持呢？

　　为首的男子倒是谦虚有礼，说我们是官府的人，奉命来拿人，不要叫嚷了。张屠户大喊大叫："我犯了什么法？为什么拿我？"

身着便服的官差们也不和他废话，架着他就走，临走时那个领头的还扭头嘱咐这位目瞪口呆的邻居："他老婆回来后告诉她一声，此人还没有死，且不必找了。"

暂且不说这位一头雾水的邻居，这个张屠户一路被官差连拖带拽带到了官府，进了府衙大堂一看，包大人早就端坐在堂上等着他们了。众人进来之后，为首的那个官差回禀："一切如大人所料，刚才在此人身上已经搜出几样东西，甚为可疑，现在带回来请大人审问。"

说完就把几样东西摆了出来，都是一些金饰玉镯，张屠户也不等包大人问话，只一味地大吼大叫，说这都是我给自家老婆买的首饰，如何就成了赃物？！

包大人一听，说官差刚才并未提到什么赃物啊，只说这些东西可疑，你何必急着说什么赃物呢？张屠户一听，登时住了口，脸憋得如猪肝一般，成了酱紫色。

包大人手一挥，对着一侧的衙役说了句"带上来吧"，衙役立即跑出去，从外面带进来两个人。

　　进来的两个男子一个是壮年人，一个看上去是个少年，那个壮年的看起来就是一位家境极好的人，那个少年看上去像是他家的下人。两个人一进来就赶紧冲上去看那些首饰，那壮年男子一看，当即回身就要厮打张屠户，口中大叫："正是我夫人之物！这狗贼该死！"两边的衙役急忙给拦住了。

　　张屠户此时脸色由紫变红，又由红变白，额角的冷汗涔涔而下。包大人冷冷一笑："张屠户，此人是城外宝石村的黄某，他说这些首饰是他夫人的私物，你适才说是你买来给你老婆的，我且问你，你从何处买的？所费几何？"

　　所费几何，就是说花了多少钱买的这些首饰。包大人问完，一言不发地看着张屠户，那张屠户脸上的汗水已经快成潺潺小溪了，哆嗦着两片嘴唇，半天一个字也没吐出来。旁边那个少年从进来后就一直盯着他，此时暴跳起来大喊："我看得仔仔细细！大人！就是这贼！杀了我家小姐的那强盗就是他这样的打扮！"

　　张屠户闻听此言，突然扑通一下跪倒在地，鼻涕眼泪滔滔而来，连哭带号地供出了自己的恶行。原来这些首饰，全都是他从黄某妻子那里抢来的。这是怎么回事？不是说城外被劫道的是个屠户吗？怎么成了屠户劫道？

原来那黄某确实是城外宝石村的富户，娶的妻子是城中一姓陈人家的女子，名叫琼娘。而这个小少年却不是黄某家的下人，是琼娘家的，名叫小安。前两日小安出城去了宝石村，给琼娘报信，说家中陈老爷病重，想叫小姐回去看望。本来琼娘当下就着急跟着小安回城，但是正赶上近日农忙，黄家是当地大户，田地里有很多事情要安排，黄某便安慰妻子说也不急这三两天的，等把手头的事情料理妥当了一起去看望岳丈。

琼娘哪里等得及啊！那可是自己的父亲，丈夫平日里何等贴心，此时却不能体贴自己的焦灼，真叫她难受。琼娘打定了主意，不等丈夫忙完了再去，只悄悄叮嘱小安不要声张，与自己一起回去。

咱们前面已经提过了，这个黄某家里很是富足，琼娘素日里本就喜欢穿金戴玉，现在要回娘家去看望，更是着意打扮了一番。女儿家心思嘛，想让父母从外表上就能看出来自己过得很好，少一些挂心。于是琼娘把平日最喜欢的几样贵重首饰悉数装点在身上。

虽然宝石村离城不远，但毕竟是城外村庄，那天天不亮，琼娘就和小安悄悄出门赶路，临走时感觉外面晨雾弥漫，有点儿寒凉，顺手就把丈夫的一件氅衣披上了。等到黄某早起一看，欸？妻子呢？一想就知道琼娘带着小安回娘家了，也没太在意，打算今天把手上事情推一推，随后也进城好了。

谁知道他还没出门，小安尖叫大哭着跑回来了！一看这情形，黄某心里就凉了半截儿，知道肯定是半路出了祸事。

果不其然，小安说他和小姐离家没多久，走到树林时雾色更浓，擦肩而过的三个男子，都已经走过去了，谁知竟然奔回来抢劫他们，其中两个男子把自己紧紧摁倒在地，另一个叫小姐把身上、头上的所有饰物都摘下来给他，小姐不肯，那贼掏出一把杀猪刀对着小姐就砍！

黄某听到这里几乎要昏死过去，小安接着大叫说小姐没有性命之忧！只是手被砍坏了，此刻还昏在树林里。黄某领着家丁冲去树林，只见琼娘的左手被砍得鲜血淋漓，身上披着的那件自己的氅衣已经被血浸透，好在人已经转醒过来。黄某把妻子抱进轿子，让下人火速抬回去请大夫医治，自己则带着血染的氅衣，领着小安，一路飞奔进城报官。

当时包大人听完黄某和小安的描述，问小安那三人是何面目？小安说他吓得半死，面目记得不是很仔细，但看得很清楚，三人都是屠户打扮，拿的也是杀猪刀。包大人又问，他们抢完首饰后往哪里去了？小安说他们是从城中而来，与我们相向而行，但事后没有回城，依旧往城外农庄去了。

包大人略一沉吟，计上心头，对身旁的官差说这三人必定是城里的屠户，估计是一早去乡下买猪看猪，他们想必以为这对主仆是外乡人，劫道之后很是放心，依旧去办自己的事。现在城中没有关于此事的消息，你们也不可声张，现在且如此办。

如何办呢？就像咱们故事开头讲的那样办。包大人叫差人找了一个会演戏的男子来，穿上黄某的那件血衣，去城里大喊大叫说有屠户在城外被杀。这种消息传得飞快，多派一些换上便装的官差出去盯着，看哪个屠户的家人来打听，城中的屠户不会个个今早都出城，这样一来，十有八九就能对上号了。

一切尽如包大人所料。眼前只有一户人家追出来询问，但这人恰恰就是张屠户的老婆。张屠户的老婆此时已经跑出城去，找那具不存在的尸首，而张屠户在城外分完赃物，还兴致勃勃地去村里订好了生猪，高兴得脚底下生风，根本顾不上听街边的人都在谈论什么事情，一路小跑着回了家，被等在门口的官差堵了个正着。

本来官差也没想到会一逮一个准，当时他跟在演戏的男子身后，听张屠户老婆描述张屠户的相貌打扮，牢牢记住了，只守着门等他回来盘问一番，不料张屠户眼神闪烁。这官差跟随包大人多年，哪有那么好糊弄的？当即就叫随行的手下把张屠户架住，伸手往他怀里一摸，金灿灿的头簪就给摸出来了，马上就把他抓走了。

张屠户此时痛哭流涕，一再求饶，说自己本来要本本分分地出城去买猪，谁知道两个同伴在树林里看见那个赶路的妇人后起了歹意，说那妇人的首饰看起来都很贵重，抢了来分一分也顶得上咱们多日的辛苦了，这才做了昏事，绝不是自己主使！

包大人说是不是你主使，也不是你空口白话就能定的，只把同伙的名字好好报上来吧。

不一会儿，另外两个屠户也被捉了来，这两个人倒是老实，来的时候已经都揣着赃物了。包大人按原样问了一遍，那两个人把过程一说，跟张屠户的供述几乎一样，只有一处不同，就是二人异口同声地说此事是张屠户提议，也是张屠户挥刀砍了那妇人的手，他二人只是摁着那个小仆从而已。

张屠户大喊大叫，破口大骂二人诬陷，包大人冷冷一笑，说："你且住口，先不要喊了，你低头看看你们三人各自的赃物。"

一听包大人这么说，堂上所有人都低头看去。只见张屠户面前，摆着好几样头簪手镯，而另外两个人，每人只分得耳坠、戒指一两枚。这下，张屠户的头渐渐垂了下去。

包大人哈哈大笑："你也没脸再狡辩了吧？若你不是主使，他二人怎么肯跟你如此分赃呢？"

本来黄某还以为至少得个十天半月才能擒获凶徒，没想到这桩城外劫案被包大人的一出"血衫叫街"大戏一搞，半日之间就轻松破获了，当下又是感激又是敬服，回乡之后自发宣传包青天，包大人断案如神的威名在端州百姓之间久久流传。

本回故事：无名氏《龙图公案》之《血衫叫街》

第二二回
诗中案

巧折扇设下绝妙计
无主诗写给虚构人

不一会儿，吴商人被官差从
大牢里带上来了，戴着死囚
的行枷，整个人瘦骨嶙峋、
形容枯槁，眼神混沌无光，
看起来随时会倒毙，哪儿还
用得着行刑啊！

行不义，必自毙，苦设机关又何益。
无中生有终无有，移花接木反生疑。
且观世间善恶事，雪泥鸿爪岂无迹。

　　在前面讲的这些故事里，我们经常赞叹故事中的清官们如何智谋过人，以及一些断案过程如有神助，但是这一次在故事开讲前，先简单抒发一点儿别的感想，就是咱们换个角度来看这些案件，会发现很多犯罪分子的智商也不低啊，对不对？如果不是因为他们苦心孤诣地设局，人家那些神探清官也不至于牺牲那么多脑细胞。

　　所以很多案件事实上都是智力的较量，执法一方还得设身处地去考虑这个犯罪分子的处境、思路、能力甚至案发当时的心理活动，从这个角度来看，越是貌似无心的细节，越有可能被精心设计；越是斩钉截铁的证据，越有可能被动手脚。

这一回的故事也是这样，抽丝剥茧的破案过程，展示出来的也就是犯罪分子精心设局的心路历程，犯罪分子确实机关算尽，万幸虽然他魔高一尺，还是栽在了道高一丈的清官手里，故事里出场人物众多，最后发现皆是迷雾，很是精彩。

这个故事来自《聊斋志异》，叫作《诗谳》，这个"谳"字就是审判定案的意思，"诗谳"从字面上理解的话，就是以诗来审定案件。

蒲松龄先生笔下有很多神鬼妖狐，我想那些动植物就算是成了精，化作了人形，如果不允许他们使用法术的话，恐怕在做坏事这个领域很难有什么建树。因为就算他们能幻化人形，适应人类的生活，也很难学会一些人类的恶毒伎俩。人心哪，有时候可比妖怪更骇人。

《诗谳》这个故事在《聊斋志异》里不算是最出名的，但是这个故事在咱们的古代小说史上值得记录一笔，因为这是一篇很罕见的推理小说。咱们这本书里摘选了很多古代公案小说，虽然原著都是以小说形式呈现案件，但是绝大多数都侧重于展现案件本身的故事流程，外加宣讲一点儿大道理，而《诗谳》却是以破案为主线，层层反推出案件的原貌，从这个意义上来讲，蒲松龄可以说是我国推理小说的先行者之一。

这个故事发生在清朝的山东青州，青州是个古地，咱们传统文化里总提起的"九州"里边就有青州。有一年，青州来了一位新任知府，姓周，叫周元亮。这位周知府是个勤勉能干的官员，一上任就把州府里的大小事务仔细了解了一大圈，尤其重视前一任官员侦办过的各类大案、要案，看有没有什么历史遗留问题。

周知府夜以继日地详查案件卷宗，基本上都没什么问题，只是看到一个死刑犯的案子时停住了。

这是一桩发生在一年前的杀人案，凶犯是本地的一个富商，姓吴。这个吴商人跑到一个叫范小山的人家里，把人家老婆杀害了。

案子已经成了铁案，这个吴商人被判了死刑，如今还被关在大牢里，但是卷宗里却没有吴商人的认罪口供。周知府找负责的官吏一问，原来这个吴商人嘴硬得很，死不认罪，而且不只是嘴硬，骨头也很硬。据说当时的知府在审理此案时因为铁证如山，对吴商人的行为很气愤，让衙役们用了不少酷刑。但是这个吴商人就算被打得鲜血淋漓，也死撑着不认罪。好在有证据，所以当时的知府还是给他判了斩监候。

周知府点点头，问官吏当时定刑的所谓铁证是什么呢？官吏说人证物证俱在！这个吴商人和死者的丈夫范小山是同乡，他们的左邻右舍都能做证，说吴商人平常就喜欢拈花惹草，作风极为不端，他早都公开说过很多次范小山的老婆秀色可餐，可惜不是自己老婆之类的话，这就是人证。

周知府有点儿惊讶："什么？这叫人证？我还以为是有人看见他杀人了呢！"官吏说："那倒没有，行凶当日下着雨，大伙儿都在家里待着呢，第二天才有人发现这个惨案，但是这厮品行不端是有目共睹的事情，再说了物证确凿，确实是他。"周知府赶紧问："那物证又是什么呢？"

官吏说是一把扇子，是吴商人随身携带的，结果行凶后太过惊慌，掉落在地上了。周知府赶紧叫人去把物证取来，他要亲自看看。

把扇子拿上来一看，果然证据确凿。原来不是一把素扇，扇子上有题诗，上面清清楚楚地写着"赠吴某某"，落款是王晟。吴某某就是吴商人的全名，也就是说，这把扇子是一个叫王晟的人题诗后送给吴商人的。

扇子上的诗句并非前人名作，这个王晟的字迹也只能算是尚可，扇子嘛，看来看去也不是什么名贵的扇子，可见二人关系亲密，所以吴商人才会随身携带。

周知府拿着这把扇子颠来倒去地看，又盯着那上面的诗句看了半天，还念了一遍。旁边的官吏虽然觉得大人有点儿没事找事，但也不敢多嘴。周知府正念着那几行诗，突然若有所思，想了又想，抬头问官吏，这个送扇子的王晟是何人？可有口供证词？

官吏摇摇头说没有，当时的大人也曾查问过，但是吴商人嘴紧得很，不但不承认自己杀人，连这扇子都推说不是自己的，更别提王晟了，他只说不认识。

周知府有点儿吃惊了，如此说来，这案子相当于是咱们官府硬判的啊？

这可不行吧？周知府马上提审吴商人，要亲自听一听口供。不一会儿，吴商人被官差从大牢里带上来了，戴着死囚的行枷，整个人瘦骨嶙峋、形容枯槁，眼神混沌无光，看起来随时会倒毙，哪儿还用得着行刑啊！

一听新来的大人询问案情，吴商人跪地号啕，听起来嗓子已经干哑多日，声音十分凄厉。他边号叫边诉说："自己以前虽然行为轻浮，说话轻佻，但是绝对不曾到范小山家里行凶，至于那把扇子，根本不是自己的东西！"

周知府思忖了一会儿，叫衙役把吴商人的枷锁卸下，换到普通监室去看管，此案需要再审。

吴商人本来一副待死之人的样子，此时眼中泛出神采，枷锁刚一摘下，冷不防他就咚咚地磕起头来，额头磕得都渗出了血珠，周知府赶忙叫人把他拽起来带下去了。

新任知府要重查此案的消息飞快地传了出去，没多久就传到了苦主范小山的家里，可把范小山气得七窍生烟，风一般地就闯到了州府，好一顿冤屈大闹，直接就说是不是吴商人家给了好处，不然新知府为何要替凶手翻案。

别说范小山这么想了，连外面听到消息的无关人等都有不少这种猜测。那吴商人犯案之前是当地有名的富商，家财万贯，上次被定案说不定是上一任知府不贪钱财，这一任嘛，可就不好说了。你看，这不就要重审了？这还没审呢，就已经把人从死囚牢里放出去了。

听了这种话，周知府倒是也不气恼，他只冷静地问范小山："你是就想让吴商人去死呢，还是想抓到真凶为妻子报仇？"

范小山一愣，虽然早就认定了吴商人就是真凶，但是看这位知府的样子，也不像是只为了给吴商人脱罪，只能暂且忍气吞声，回去等官府的消息。

这边打发走了范小山，周知府片刻不歇着，叫来办事的官吏，让他拿着那把纸扇去一趟城南最大的酒楼，那酒楼的墙壁上有题诗，去对照一下，如果是同一首诗，就把那酒楼店家带回来问话。

官吏领命而去，不消大半个时辰就领着战战兢兢的酒楼店家回来了。一回衙门，官差又是吃惊又是敬服，跟周知府说："大人您真是神了，您怎么知道他们家酒楼里的题壁诗和扇子上的是同一首呀？"周知府笑着说："并没有什么神奇的，我前些日子去过那家酒楼，那不是本地最大的酒楼吗？初来此地的人多数都会慕名去一下，我本来就喜欢诗文，刚好当时看见了还读了一番，就留下了印象，看这扇子的时候忽然想起来了。"

周知府询问店家，那题壁诗是何人所书？店家莫名其妙地被叫到衙门，吓得以为自己家出了什么事，一听是问题壁诗，赶紧回禀，那诗是去年几个来这边参加考试的秀才酒后题写的，落款写着"日照李秀"。

既然找到了写诗的人，店家也就被放回去了。周知府发了拘拿的签令，派了几个官差跑一趟日照，往返花了好几天，才把那个叫李秀的秀才给抓回来了。

虽然这李秀看起来颇为文弱，但是人不可貌相，毕竟那首诗是他写的确凿无疑，一处出现在酒楼，一处就在凶杀现场的扇子上，可见此人对自己的这首作品颇为自得呢！周知府厉声喝问李秀，去年到了青州后除了参加考试，是不是还做过什么不为人知的恶行？李秀一路上问了好多次为什么抓自己，几个官差根本不搭理他，心里本就七上八下，此时被周知府这么一问，惊得脸都白了，大叫说："我就是来考试的，与几个朋友在青州饮酒相聚了几日，哪儿来什么恶行？！"

周知府叫衙役把那把折扇递给他看，李秀打开一看，眼中充满惊讶，申诉这首诗确实是自己所作，而且颇为得意，去年来青州还题写在了本地一家大酒楼的墙壁上，但是这扇子上的字迹绝不是自己的，而且扇上写的这两个人名自己也素不相识，什么吴某某，什么王晟……

说到这里，李秀面露疑色，举起那扇子看了又看，口中发出一些奇怪的嘀咕："咦？哎呀……很像啊……嗯？"

周知府问："你这是想起什么了吗？嘀咕什么

呢？"李秀回禀说他看这个字迹很是面熟，像极了当时同来考试的另一个秀才王佐的字。

李秀说本省的秀才们平日里诗书往来比较多，去年考试时又相聚了几日，大家关系都还不错，其中有个王佐是公认字写得好的人，虽然不至于到书法家那种水平吧，但是在小圈子里还是很受推崇的，所以偶尔也会有亲近的同窗去请他写写东西，这把扇子上的字就很像是王佐的笔迹，至于为什么落款是王晟，那就不得而知了，可能是有个叫王晟的人托王佐写的吧，这也很正常。

周知府便向李秀要了王佐的住址，派了官差又去把王佐拿来。

王佐一带到，周知府也懒得再讲一遍前因后果了，直接把扇子丢到他面前，问他这扇面是不是他写的。王佐看了一眼，点头说："没错没错，正是晚生所题。"看起来还挺得意呢，没想到周知府猛地一拍桌案，大声喝问："你为何假冒吴商人，残杀了范小山的老婆？！如不重判，岂不是没有王法了！"

王佐吓得差点儿昏过去，哆嗦着双手尖叫："冤枉啊！大人何出此言？晚生哪里认识什么吴商人，又岂敢做出伤天害理的事情！这扇面虽是小人所书，但是这是受人所托啊！"

　　其实周知府早就判断王佐绝不是凶手，请他写扇面的人就是为了拿他的字迹当障眼法，但是很担心王佐如果与凶手有私交甚至是同谋的话，温声细语地审问不会奏效，于是便大喝一声，先吓唬他一下，他心神不稳肯定会和盘托出。这一招果然收效神速，王佐大喊大叫，交代了个明明白白。

　　这扇子是王佐的熟人，一个名叫张成的人请他写的。那张成是个商人，并不通什么文墨，与王佐也就是泛泛之交，去年有一日却突然请王佐到城南酒楼喝酒，席间拿出一把扇子，说是自己受表兄的委托，要给吴商人送一把折扇，自己认识的书法家只有王佐，这才厚着脸皮请王佐给题一下扇面。

　　当时王佐听了这番奉承，马上叫酒楼小二拿了笔墨来欣然提笔，问那个张成扇面上写什么时，张成顺手指着酒楼墙壁说就题上这首诗吧，王佐还得意了一番，说这首诗的作者也是自己的好友，这扇面算是自己与好友联手所作了。

　　说完这番话，王佐举着那个扇子给周知府看："您看看这个落款，写的是王晟赠，这个王晟就是当时张成跟我说的他的表兄！如果出了什么事，那不是王晟就是张成，不然就是吴商人，怎么也算不到晚生头上啊！"

周知府微微一笑："你倒是情急之下脑子灵光了许多，还真是，不是王晟就是张成，此事的关窍就在这里了。来呀，去捉拿那个张成来！"

张成就是本地的一个铁商，不多时就被带到了，一进衙门看见一边站着王佐，王佐手里还拿着那把纸扇，这个张成的脸色就微微一变。

周知府让王佐把刚才的供述又说了一遍，说完后问张成："他说的确实有此事吗？"张成还没吭声，周知府又补充了一句："你要是忘了，我去叫城南酒楼的小二来一趟，他似乎还记得给二位伺候笔墨的事。"张成一听，慢慢地点了点头，说确实是自己请王佐写的。

"哦！那就对了。"周知府又微微一笑说，"那你表兄王晟何在啊？"

问完这句话，张成的双腿突然战栗起来，紧跟着整个人都左摇右晃，抖得好似突然发作了伤寒，但只是发抖，却不回话。周知府突然大喝一声："哪儿来的王晟！就是你张成！苦心设局，栽赃吴商人，说！你如何杀了范小山的老婆？！"

这几句话一喊完，张成颓然跪倒在地，一句狡辩的话都说不出来了。

确实并没有什么王晟，这只是张成凭空胡诌的一个人。张成此人也是个浪荡轻薄的家伙，知道范小山常年在外经商，就想去人家里勾引良家妇女，他的心思倒是诡谲得很，事先请王佐写了把扇子，上面写上"王晟赠予吴某某"，如此一来，这扇子上的字也不是自己的，诗也是随便找来的，王晟并不存在，只有受赠人吴商人是铁板钉钉的扇子的主人。他带着这把扇子去范小山家，想着如果勾搭成功，那就如实相告，如果不成，就把这个扇子丢在那儿，丢人也不丢自己的人，到时候范小山的妻子就会以为是吴商人来耍流氓，反正吴商人的名声早都臭大街了，多这一桩也无妨。

万万没想到的是，范小山的妻子是一位性烈如火的女子，这个张成本来只是想着去轻薄调戏一番，并不曾存杀心，结果范小山的妻子一看来了个陌生男子，二话不说抓起一把平日里拿来防身的尖刀就去拼命，把张成吓得半死，纠缠厮打起来，女子毕竟体弱力小，一阵慌乱间，张成夺过尖刀一挥手，竟然直接刺进了范小山妻子的要害。

这可把张成吓疯了，事先准备的扇子本来就是为了挨骂的时候躲一道，不料现在成了救命符，赶紧丢在地上仓皇逃窜。害得吴商人蒙冤入狱，几乎枉送了性命。

一桩铁案就此真相大白，这下子不光是吴商人和范小山感恩戴德，整个衙门里的官差们都对周知府敬佩得五体投地，恭恭敬敬地问周知府："大人是从何处看出此案判决有异的呢？虽然当时吴商人不认罪，但是那扇子也看不出来并非他的物品呀！"

周知府微微一笑，说："案发当时是四月上旬，天气依然微凉，案卷上也清清楚楚写着当日阴雨，试问那种天气里，谁会带着折扇出门呢？而且怎么就那么巧，带的还是一把写明了自己身份的扇子？"

至此所有人茅塞顿开，迷雾瞬间散去，州府上下齐齐赞叹周知府明察秋毫，洞若观火，是本地黎民之福啊！

本回故事：蒲松龄《聊斋志异》之《诗谳》

第二三回
剪镣贼

算个卦丢掉八两银
看场戏捣毁一窝贼

汪知府也不搭理，有什么证
据？当然没证据了！但是我
就是要这么判，你们拿我怎
么着？

明眼偏将暗处寻，三番窃物不辞辛。
劝君若解人生义，两手强如三手勤。

　　这首定场诗有点儿像灯谜，讽刺的是某种犯罪行当。"两手强如三手勤"，说的就是小偷，咱们不都管小偷叫"三只手"嘛。这首诗就是奉劝世人，做人还是得靠两只手勤劳致富，第三只手要是长出来了，这两只手恐怕就要戴上"银镯子"了。

　　大家也都知道，这些古代小说也好，传闻也罢，都是经过艺术加工的，就算是真实发生过的案件，那些血淋淋的场景描述其实是为了渲染氛围而使用了夸张手法。就比如很多评书故事里的侠客或是山贼，杀人时那叫一个快，手起刀落，比路边卖西瓜的都利索，咔嚓咔嚓，人头比西瓜滚得都远，听起来叫人胆战心惊。其实咱们当然知道了，那些都是夸张的手法，故事里的戏剧性段落大家伙儿肯定也不会当真。

但是这一回咱们还是适当换换口味，也不能总说些手起刀落、杀人如麻的事，咱们讲个一点儿也不血腥、一点儿也不惊悚、一点儿也不吓人，但是依然很有意思的案子。这个故事来自明代的《廉明公案》，讲的是关于小偷的事，不但有趣，而且很有借鉴价值，因为这里边的那帮罪犯，他们的徒子、徒孙、徒曾孙们，现在依然活跃着。大家看完故事，也得多加强点儿警惕性。

小偷这个职业——如果咱们把它也算作一个"职业"来说的话，可真是历史悠久，而且从未消失。咱们要讲的这个故事的名字叫《汪太府捕剪镣贼》，明朝很多话本小说里的官称都喜欢用别称，这个"太府"其实就是知府，讲的就是一位姓汪的知府抓捕剪镣贼的故事。

"剪镣贼"这个名词现在几乎看不见了，"剪"就是剪断的意思，引申意思就是偷窃、抢夺，古代小说里总提起的"剪径贼人"，就是拦路抢劫的贼。我们小时候说起小偷，还会伸出两个手指比画个剪刀开合的动作。这个"镣"字就有意思了，现在多指脚镣和手铐，但是这个字最早的意思可不是这样的，而是指银子，并且是上好的银子，才能叫"镖"，所以这个"剪镖贼"，就是指偷钱的贼。

故事发生在明朝的陕西平凉府，这个平凉府就是现在的甘肃平凉。这个地方可不得了，是中华文明发祥地之一，自古就是西北重镇，地处陕甘宁交汇处，商路通达，驼马如织，这种人流密集、客商纷至的地方，咱们想想也知道那肯定少不了小偷们活跃的身影。

当时平凉府的知府姓汪，每天忙得是脚打后脑勺，虽然在这种重镇宝地当官很不错，但这是个商业重镇、交通枢纽，各种琐事都比其他地区的要多，这天就又有两个人互相撕扯着来告状了。

来的人一个叫毕茂，一个叫罗钦，两个人叫骂不止，都说要状告对方。汪知府喝止了两人的叫嚷，让他们一个一个来讲。原来是因为一包碎银子。毕茂是个在平凉做买卖的客商，今天在大街上看见有一群人围着一个卦摊，众人都说那个先生占卜极为灵验，毕茂生出好奇心，就挤进人堆里去看人家算卦。这个毕茂出门的时候在袖兜里放了一包散碎银子，装得还不少，看热闹的时候也没太注意，突然觉得袖口一沉，低头一看自己的银包掉地上了，弯腰就去捡，没想到自己的手刚要摸到银包，旁边猛地伸过来一只手，就是这个罗钦的。

罗钦听毕茂如此陈述，马上不干了，说你这个人可真有意思，什么叫从你袖口掉出来的？我眼睁睁看着那地上有一个银包，你在看热闹，我也在看热闹，要不是我先说了一声"欸？这里有个银包"，你都不会低头，怎么就成了你掉的了？

毕茂说这银包是他的，罗钦说不知道是谁掉的但是他先看到的，罗钦本来说既然你也看到了，那我们把它分了算了，没想到毕茂一口咬定是自己的。两个人没说几句就互相戗了起来，这才扭打着进了官府。

汪知府一听，又看了看这两个人，毕茂的穿着打扮一看就是个客商，而那个罗钦，浑然一副无赖汉的样子，心里已经偏向毕茂三分，便问毕茂，既然说是你掉的银子，那有多少你知道吗？

毕茂说这就是出门的时候随手装起来带在身上的散碎银子，拢共有个十余两吧，具体我也没称啊！汪知府心说那可就不好办了。毕茂一看知府不吭声，有点儿急了，指着罗钦大骂："你这贼厮，分明就是来我这里剪镖不成，硬生生要讹我！"

这意思就是说罗钦你本来是要偷钱，没弄好给掉地上了，结果直接变成讹诈了。罗钦一听也急了，说大人您看看这包银子，足足有十几两，这么沉的银子放在袖兜里怎么会掉出来呢？如果我是剪镣贼的话，那必定得把他袖管用刀割破啊！您看看他的袖管是不是好端端的！

那时候的衣兜都在人们的大袖子里，这个罗钦说得也没错，这么沉的东西，不至于掉出来，肯定得把袖子划破了从外面掏才行。这可把毕茂说傻了，衣袖确实好端端的，没办法证明人家罗钦是剪镣贼。

汪知府一看，让他们俩在这儿吵闹也不是个办法，于是派人去卦摊前面问问，刚才有谁看见他俩争吵了，带两个目击证人回来我问问话。

不一会儿，衙役带回来两个看热闹的路人，都说目睹了全过程，确实是罗钦先喊话说那里掉了一个银包，罗钦伸手去捡的时候毕茂才低头看见的，然后毕茂就非说是他掉的。

毕茂这下傻眼了，这哪儿来这么两个拉偏架的！汪知府也没办法了，说只能这么办了，这钱你俩平分了吧，不得再纠缠了。当场上秤，十六两，还真不少，毕茂和罗钦一人八两，行了，结案了。

刚把他们打发走，汪知府马上叫来两个自己信任的家仆，说这二人刚才在大堂上都见过衙役们的相貌了，不好办事，你们脸生，现在马上追出去，跟着他们看看他们各自去了哪里，有什么反应。

两个家仆出去跟踪了一会儿，前后脚回来了，一个说毕茂出了门就骂街，一直辱骂老爷您是糊涂昏官，骂得太难听了，我听不下去了，再听我就要揍他了，我就回来了。另一个说那个罗钦一出门就让那俩证人扯住不放，好像说着什么此前说好的，然后罗钦就给那俩人一人分了一点儿银子各自散去了。

汪知府更确信罗钦是讹诈了，只是已经结案了，再揪回来也没有什么证据。又派家仆去卦摊打听了一遍，那两个做证的嘴里说的"此前说好的"是什么意思，结果才知道罗钦在卦摊前跟毕茂争执时曾嚷嚷过，说反正是地上无主的银子，既然他和毕茂都看见了，那就见者有份，分一半给其他看热闹的人，剩下一半二人平分，本来众人都很高兴，结果毕茂不同意，这才厮打起来。

汪知府冷笑一声："呵呵，难怪了，如此说来，那卦摊前的人，谁来做证都一样，肯定都向着罗钦。"

这件事目前看来只能这样了，虽然汪知府和衙役们都确信是罗钦混在人群里用手托了一下毕茂的袖子，才导致银子掉出来的，但现在又没有实证，心里憋气也没办法。可是堂堂知府大人，这口气如何忍得下？汪知府一转念就想了个招。

第二天，闹市上依然人来人往，那个罗钦也还在街上晃悠，一眼看见前面有个樱桃摊子，有两个人在那里买樱桃，不知何故吵吵嚷嚷，罗钦便晃过去看热闹。到了跟前，看明白了，原来二人是好友，为了抢着付钱在拉扯，罗钦心里一动，给身边几个闲汉模样的人递了眼神，这帮剪镣贼就把这两个买樱桃的客商跟住了。

这天，东岳庙前的戏台上有唱戏的，台下人挤人，这俩客商拎着樱桃也凑过去了。不到一刻，其中一个突然扭头大喊："剪镣贼！"只见罗钦已经手里捏着一个银包转身挤出人群跑了。

这两个客商大喊大叫，要去追罗钦，却被旁边两个闲汉连挤带推、拿肩膀夹着不得动弹，眼睁睁看着罗钦跑掉了，气得哇哇大叫，一把抓住那两个闲汉，说他们是剪镣贼的同伙，死活不撒手，硬拽着就要去见官。

见官也就是见汪知府嘛，汪知府一问被偷的那两个人，一个的袖子都已经被割破了，何时被偷的都没有察觉，另一个是被托起袖管把银包托出来偷走的，当时意识到袖子一动，这才发现了罗钦。汪知府问那两个挤着被偷的人不让动的闲汉叫什么名字，俩人说一个叫张善，一个叫李良。汪知府都气笑了，你俩是真能拿我寻开心哪，一个善一个良，编假名字也不用这么糊弄，善良个屁呀，我看你们是缺什么叫什么。"来呀，这二人必定是剪镣贼的同伙，给我各打三十大板，押到驿站去摆站两年！"

"摆站"是什么意思呢？就是不用坐牢，但是你得去驿站做苦力。这俩人被如此重判当时就癫狂了，大喊大叫："冤枉啊！大人你这是错判哪！有什么证据啊？！"

汪知府也不搭理，有什么证据？当然没证据了！但是我就是要这么判，你们拿我怎么着？

张善和李良就被发配到驿站去了，那苦力是那么容易做的吗？万一遇上个心狠手辣的驿丞，能把他们活活折腾死。但是这两个人只是喊冤，却没要申告的意思，连押解他们的差役都知道他俩肯定就是跟剪镣贼一伙儿的，不然早喊着让家人去告状了。

到了驿站有驿站的规矩，来了之后驿丞就先给了一顿下马威，狠狠吓唬了一番后，话锋一转，说咱们这儿倒也不是不近人情，你们俩要是各自奉上十两八两银子呢，我就替你们作保，让你们各回各家，爱干吗干吗，等到上面要来人检查的时候再回来装装样子，应个卯就行。

张善和李良都快哭出来了，说："我们俩真的冤枉呀，看戏的人挤人，怎么就成了我们故意帮着剪镣贼了！"驿丞脸一沉："甭跟我废话，我这儿不审案，已经来了就只说来了以后的事，有银子就好说好商量，没有就马上给你们安排活，一个人还不能当半个牲口使唤吗？"

这俩人顿时吓得不敢再纠缠，求着驿丞宽限三天去筹办银子，驿丞摆摆手让去了。三天后，张善和李良果然揣着银子回来了，驿丞收下后，倒也言而有信，就让他们回家去了。

转眼没过两天，张善和李良正没事人一样在大街上晃悠呢，呼啦啦来了几个官差，如狼似虎地摁住他俩拖着就走，俩人吱哇乱叫也无人理睬，连滚带爬地被拖进了官府，一抬头，汪知府正铁青着脸等着他们呢！

张善和李良以为是给驿丞行贿的事情被发现了，心想这不打紧，这是他自己索贿呀。没想到汪知府一开口还是问前些天在东岳庙的事情，让他们二人把剪镣贼的名字报上来，就饶他们一次，摆站的惩罚也可以酌情减轻。

这两人面面相觑，李良结结巴巴回禀说："大人明鉴啊，我们俩又不是贼总甲，我们哪知道贼的名字啊！"

"贼总甲"这个名词挺有意思，这是明朝基层治安方面的一种职位，盗窃案里的贼有一些是被发去驿站做苦力，有一些反而就被授予了官方认证的"职务"，这里的职务是打引号的，其实也是一种苦役。"贼总甲"是干吗的呢？——抓贼的。你不是挺厉害的一个贼吗？那你就去给我抓贼，本地的贼都是你同行，你比我们知道该抓谁呀。因为贼总甲必须抓够官府指定的名额，所以贼窝的内部斗争可想而知，这同行可真成了实打实的冤家了。

张善和李良的意思就是我们又不是贼总甲，你非要知道是谁偷的钱，你去找贼总甲呀！汪知府一声冷笑，把这俩人送给驿丞的那几两银子拿出来了，问他们："这银子是你们昨天刚给驿丞的，不会不认识了吧？"

两个人大喊大叫："是我们给的没错，但是是驿丞向我们索要的呀！我们也是千辛万苦才筹到了这些银子！"汪知府哈哈大笑，说："很好很好，承认是你们筹措的就好。"把这两个人笑得毛骨悚然，银子怎么了？我们还不能从亲戚朋友那儿借点儿钱了？

汪知府突然把脸一板，指着那些银子，明明白白地告诉张善和李良，这里面有一大部分正是当天买樱桃的客商丢的银子，你们如果不认识剪镣贼，手里怎么会有贼赃？这银子不是分得的赃物又是什么？

张善、李良大惊："大人您开什么玩笑呢？这银子上写字了？你怎么能硬说这是那客商被偷的银子？"

汪知府哈哈大笑："银子上当然没有字，但银子有真假呀！"

原来那两个客商正是汪知府派出去的家仆，各自揣着几两官府以前收缴上来的假银子，故意在街上引起罗钦的注意，本来是想捉贼见赃，没想到让张善和李良给纠缠住，放跑了罗钦。汪知府又气又恼，索性把这两个贼同伙打发去驿站，快马给驿丞发了密信，安排他故意索贿，引这二人上钩，果然这两个家伙回去以后就拿着赃物来行贿了。

此时张善和李良虽然已经露馅儿，但还是想死撑一下，正想着如何狡辩呢，汪知府又说了："你们现在只是剪镣贼，而且在此前的案子里只能算是从犯，只要说出主犯姓名，我就能从轻发落你们，但你们要是死活都讲义气呢，我也不逼迫你们，只是你们看，刚才已经承认了这些银子是你们的，你们可私藏了这么多假银子呢，这个罪行可比偷盗罪重多了，要判得很重的，你们自己考虑吧。"

这还考虑什么呀！张善、李良哪有那么重的义气？俩人一听，心说这知府大人可太坏了，这是拴了个扣把咱们套得死死的呀，生怕按私造、私藏假银的罪过给自己判刑，争先恐后地在堂上大喊："罗钦！是罗钦！我们就是给他当帮手的！不止您这些假银子是他偷的，前些日子那个卦摊前面丢了钱闹到官府来的那个客商的银子，也是罗钦从人袖兜里拖到地上的，当时我们也在！"

汪知府乘胜追击："当时被带到官府上的那两个证人呢？"张善忙不迭地点头："也是也是！也是我们一伙儿的！"

汪知府不由得感叹了："你们人丁挺兴旺呀，快比本府的官差都要多了。"

有了这铁证，终于能去街上把罗钦一干人等连锅端了，汪知府终于出了这口恶气。当然还有另一位出了恶气的，谁呀？毕茂呀！骂了好几天汪知府了，突然被叫到衙门里，拿回了自己莫名其妙被分给剪镣贼的银子，失而复得，跟白捡了几两银子一样，主要还出了一口气，瞬间整个人神清气爽，把汪知府夸了个天花乱坠。汪知府也乐了："以后出门看热闹，也多留点儿神吧！"

本回故事：余象斗《廉明公案》之"盗贼类"

第二四回
巨盗案

神秘贼人祸乱龙溪
少年英才智擒巨盗

童顺接到林则徐亲自委托，
也不推辞，一听说是个能飞
檐走壁的巨盗，好胜心也摁
不住了，带了两个手下兄弟，
拿了公文就到了龙溪县。

力微任重久神疲，再竭衰庸定不支。
苟利国家生死以，岂因祸福避趋之。
谪居正是君恩厚，养拙刚于戍卒宜。
戏与山妻谈故事，试吟断送老头皮。

　　这首开场诗，是林则徐最广为流传的诗作。虽然仅凭虎门销烟这一件事，林则徐就足够名垂千古，但是咱们也不能每次提到林则徐，就只知道虎门销烟，他可不仅仅是一个奋起抗击外辱的民族英雄，还是位为民众扶危济困、修堤治水的好官。他一生在多地为官，每到一处，民众无不交口称赞，"林青天"的美名遍播朝野。

　　这位林青天在断案追凶方面，比起包青天，那也是不遑多让。有趣的是，林则徐在少年时期是以才思敏捷出名的，结果做官以后实在太敬业勤勉，加上性格又刚正不阿，渐渐地，关于他才智过人这方面的故事，反而就不如其他功绩流传得广了。

　　咱们古代有很多断案类小说，到了明清，以单一主人公破案为主线的公案小说更多，比如《包公案》，再如《狄公案》和《海公案》。《林公案》就是以林则徐为主角，据说咱们的评书大师单田芳先生也曾以此为基础，改编出了精彩的评书。

　　值得一提的是，虽然同为公案小说，《林公案》要比其他作品更贴近史实，而且是非常贴近史实，基本上整部小说就是以林公大半生的职业变迁为时间线，书里的大量事件、人物、地点都跟正史对得上，所以很多人认为这本书中关于林公如何智谋过人的描述，虽然有艺术修饰的成分，但跟史实出入不大，林则徐就是如书中所写的那么聪慧。

　　咱们要讲的就是《林公案》里的一个小故事。这个案子发生在林则徐的青年时期，在青年时期，林青天就已经智谋超群了。说到这儿，真忍不住要叹息，李世民有句诗说"疾风知劲草，板荡识诚臣"，道理是没错，动荡时期确实更能显出忠贞之士的不屈和坚韧，但是像林则徐这种智勇双全、爱民如子的好官，如果能生活在安定富足的时代该多好啊。

　　故事发生在嘉庆年间的福建漳州府龙溪县，当时福建的巡抚是张思诚，这位大人是林则徐生命中很重要的一个人，可以说是他仕途起点上的加油站和助推器。当时年仅二十二岁的林则徐，虽然才气出众，但也只是个涉世未深的年轻人，张巡抚慧眼识英雄，非常赏识林则徐，将林则徐带在身边做幕宾。幕宾，就是幕僚，咱们之前提到过，高级幕僚就相当于官员的左右手。

林则徐跟随着张巡抚学了不少东西，而张巡抚也很依赖林则徐，大小政务都会跟他交流，会听听他的意见。

最近这些日子，张巡抚很不痛快，成日里长吁短叹，有时候莫名其妙就要对下人发火，搞得整个府上人人心惊胆战。唯有林则徐知道这肯定是龙溪县的巨盗案没有进展导致的，默默地盘算着得从哪儿找个缺口把这个谜团打破。

说起小偷犯案，一般偷得多的，称个大盗案也就到头了，但是龙溪县这个案子，现在上上下下都称之为"巨盗案"，可想而知不是一般的案件。最初是龙溪县一位富甲一方的豪绅亲自来找张巡抚报案，这位豪绅姓郭，是张巡抚多年的朋友，越过县衙和府衙直接来找他，张巡抚岂能不重视？

这龙溪县本就是个富裕乡，本地富商大贾不少，前阵子突然频繁传出有人家深夜被盗，当然大伙儿都报了官，地方县令也不曾怠慢，派了官差衙役四处查访，谁知道不但官差们一无所获，被盗的人家还在不断增多。后来终于偷到了郭家，郭富绅丢了不少金银珠宝，也跟其他人家一样去报官，县令焦头烂额地查访一遍，照例一无所获。

找到张巡抚后，此案就受到了重视，张巡抚只当是个普通大盗不好擒拿，直接发文给漳州知府，限期破案追赃。漳州的府衙就在龙溪，龙溪县是漳州的附郭县。附郭县是什么意思呢？就是这个级别的县没有独立的县城，它是附属于上级州府的，有点儿像咱们现在的一个区。所以这个漳州知府要安排龙溪县令办事那可太方便了。

这把龙溪县令给逼的呀！全衙门的官差恨不得昼夜无休，到处查访。谁家有没有突然发财的迹象？有，搜一下，是不是偷了富户的东西。谁家有没有身手好的会飞檐走壁的呀？有，搜一下，看是不是半夜去偷盗了。各个出入关口更不用说了，男女老幼都得搜身。官吏累得半死不活，老百姓被折腾得鸡飞狗跳。

结果呢？这不郭富绅又给张巡抚"打小报告"了，说这位县令到底能不能行？您看看哪，从我跟您说这个案子到现在，又有二十多家被盗！看起来这巨盗根本不把你们官府放在眼里呀！

知道什么叫"巨盗"了吧？偷得多，偷得勤，还偷得无法无天，这才叫"巨盗"。这边恨不得布下天罗地网搜城一样地严查了，那边根本没歇着。这可把张巡抚气坏了，怀疑这事有蹊跷，是不是那个龙溪县令根本就是做做样子，压根儿没去搜啊？

张巡抚一着急，就拉着林则徐唠叨，说小林你看看这事，这是哪里出问题了？

林则徐这些天也一直在关注这个案子，早就觉得不对劲了，今天张巡抚把郭富绅打的"小报告"一说，林则徐想了想，说："大人，咱们不能再这么大张旗鼓地抓贼了，得重新安排一下。"张巡抚一听他这么说，心里踏实了一半。因为林则徐虽然年轻，却异常踏实沉稳，他虽然只说了句"得重新安排一下"，但应该是已经有了安排了。

林则徐把自己的分析一说，张巡抚眼睛马上亮了起来。原来，最近这些天林则徐一直在关注着这桩巨盗案，得知龙溪县几乎掘地三尺，把能查的人、能翻的家全都搜了一个遍，结果仍是赃物没见到一文钱，贼人未发现半根毛。他心里突然生出一个怀疑：这个飞贼，莫非有官府的内应？想要确认这个想法的话，只能派信得过的自己人去查。

张巡抚深觉有理，连忙问林则徐："你看这事咱们派谁去合适？"林则徐举荐了一个已经退卯的老捕快，退卯就是退休的意思，这位老捕快五十多岁了，名叫童顺。虽然已经是退休的人了，但是此人曾经屡破大案，而且算是半个武林中人，艺高胆大，心思缜密。林则徐虽然年轻，但对衙门里的出色人才平常都极为重视关注，这个童顺是他心目中擒获巨盗的第一人选。

童顺接到林则徐亲自委托，也不推辞，一听说是个能飞檐走壁的巨盗，好胜心也摁不住了，带了两个手下兄弟，拿了公文就到了龙溪县。

龙溪县的县令姓苏，一看巡抚衙门亲自派人来协助，激动得搓手顿脚，看样子为了这桩案子已经是心力交瘁，快要支撑不住了。

苏县令积极表态，一切都听童顺指挥。童顺来之前早就听了林则徐的点拨安排，跟苏县令说这事咱们从今天开始在暗地里查，把此前那些岗哨关口都撤了，也别再去挨家挨户搜了，这都搜了一个遍了，不是也没收获吗？以后不这么干了，您把县上的大户人家名单列一下，咱们分析分析这个巨盗下一步最可能去哪几家，就派人去这几家蹲守好了。

　　按着童顺的安排，县里的衙役，包括从上级漳州府调派来的人手，全都分成了小队，每天去蹲守大户人家。结果你猜怎么着？还真有用。蹲守谁家吧，谁家就安全。今天官差蹲守在张三李四家，结果今天晚上王五家就被盗了；隔天官差们埋伏在小红小绿家，隔天那个小黄家就被盗了……

　　富绅们无不怨声载道，龙溪县衙上下讥讽声不绝于耳。这上面来的人就是厉害呀，咱们成了给巨盗放哨的了。

　　童顺倒是不慌不忙，不急不恼，情况越是尴尬，他反而越踏实。怎么回事呢？因为眼下这情形跟他来之前林则徐预料的一模一样，衙门内部有内应。每天要去蹲守的目标只有公门里的人知道，结果现在一看，巨盗也知道，这还不能说明问题吗？

　　而且童顺出发之前，林则徐还跟他说了一个自己的猜测，他并没有告诉张巡抚，只是让童顺做个参考，或许行动的时候用得上。这个猜测非常大胆，林则徐怀疑那些巨量的赃物，极有可能被内应藏在了官衙里！全城都翻了个遍，一无所获，那么还剩下哪儿没被查过呢？只有官衙。

接下来就到了童顺按照林则徐的指点独自行动的阶段了。随后的几天童顺不动声色，依然每天和差役们商量，定好今夜去谁谁家，到了晚上，他只派自己的手下跟着去，而他自己则换上夜行衣，埋伏在县衙附近，看那巨盗会不会回到这里来。

等了一夜没有动静，但当晚依然有人家被盗，童顺又气又恼，心思一转，第二天夜里又跑去州府衙门外埋伏了。毕竟那些干活的差役里有不少是州府的人，万一内应是在州府呢？

还真猜对了。当夜三更时分，府衙后墙那边突然走出来一个男子，匆匆往远处而去，童顺紧随其后，不多时就到了一处豪宅外。不用说，又是没有官差蹲守的一家。只见那男子脱下外袍放在墙角，露出一身夜行衣，忽地一个"旱地拔葱"越墙而入，身手十分了得。

童顺平日跟众多武林草莽多有往来，有这等身手的人在本地也没几个，那几人都不是干这种勾当的。童顺心里很是纳闷儿，这怎么还来了个外地的高手贼？他又怎么从州府衙门里走出来的呢？

童顺正在那儿苦思不解呢，那飞贼已经身轻如燕地从豪宅里翻出来了，肩头搭着一个小包袱，看样子已经得手。飞贼跳下墙头，捡起刚才扔在墙角的锦缎外袍披上，步履如飞地去往了州府府衙方向，童顺赶紧尾随而去。

到了府衙后墙处，那人突然作势又要跃起，这是打算翻墙入内了。童顺这下可着急了，我也不能大半夜硬闯州府啊，我就是个捕快而已，还是退了休的，眼看那厮要走，童顺从兜里摸出一颗飞蝗石啪地甩出去，只听"欸"的一声闷叫，正中那厮面门。

飞蝗石就是小鹅卵石，算是最方便取用的暗器了。但是童顺这个石子丢得太好了，正好在那巨盗飞身上墙时击中了他的额头，打完了，那贼也已经翻进去了，童顺心知这下肯定是不会再出来了，就先转头回去了。

当下童顺就去找了龙溪的苏县令，把前后情况一说，苏县令这才明白这几天童顺的安排是有意为之，是为了让巨盗放松警惕呀！哎呀，真不愧是巡抚大人派来的！苏县令高兴至极，说："既然那贼已经被打坏了额头，咱们马上去州府衙门里请知府大人把衙门里的人集合起来，一看便知！我倒要看看是哪个狗胆包天的家伙，身在公门，行此勾当！"

苏县令领着童顺欢天喜地去了州府，一进门就逮谁打量谁，一个脸上有伤的都没有。苏县令兴冲冲地喊师爷，说快请知府大人出来，我有要事禀报。

谁知师爷说有事你就跟我说，我们知府大人偶感风寒，不见客。

嗯？苏县令一愣，不见客？我也不是客呀，我有公务急事！师爷也不耐烦了，你有急事？你就是急死了也没用，大人连我都不见，只在内室传话，这几日都不见客！

苏县令看看童顺，童顺使了个眼色，苏县令也就没再提捉贼的事情，二人便告辞出来了。出了门，童顺就跟县令说了："您呀，先别声张了，他不见您，总得见上边的人吧？我回去跟巡抚大人禀报一下。"

童顺快马加鞭回到福州，进了巡抚衙门把近日的事情——禀报，说现在就卡在州府这里了，知府大人病了，我们又没权力集合州府衙门内的所有人来查找，只能请巡抚大人出面了。

张巡抚看看林则徐，林则徐微微一笑，跟童顺说："知府大人不是病了，是叫你的飞蝗石打坏了。"童顺大吃一惊："什么？知府大人？"

原来这几天林则徐也没闲着，把漳州府衙、龙溪县衙的官吏档案查了个底儿掉，一个个都挺正常，没想到查到漳州知府的时候他吃了一惊：这位知府的来头可不小啊！

当时清廷官场一派腐朽潦倒之相，卖官鬻爵已经成了朝廷一项重要的经济来源，美其名曰"捐官"。虽然以往朝代里也有捐官制度，但多数是捐钱买个虚职，满足一下豪门大户的虚荣心，可到了这会儿，已经能买实缺啦！这位漳州知府，就是花重金买来的官职。那这位知府以前是干的什么买卖，能攒下那么多银两来买官呢？林则徐多方打探，才弄清真相。谁能想到呢？此人居然曾经是东南海上一个名叫"凤尾帮"的帮派里的为首大盗！

好呀，一个无恶不作的匪盗，摇身一变竟然成了知府，这一方百姓还能有好日子过？林则徐本来已经有九成怀疑龙溪巨盗就是漳州知府，此时童顺回来一禀报，这个怀疑九成九就是事实了。张巡抚也是惊怒交加，恨不得马上把这个知府生吞活剥了，立即派了重兵，旋风一般冲去漳州府衙拿人。抓来了一看，好家伙，童顺这一个石头子可没少使劲，飞贼知府的额头还肿着呢！

做贼的时候想当官，当了官又嫌来钱慢，死性不改的盗匪白天穿官服，夜里偷大户，此事真相大白后，漳州百姓无不愕然。而如此溃烂的官场现状，更刺激了林则徐为官安民的心，在他此后漫长的仕途中，一直和贪官污吏势同水火，也终于成就了民族英雄的大义。

本回故事：无名氏《林公案》第二、三回

图书在版编目（CIP）数据

今夜拍案惊奇. 第一卷 / 阎鹤祥, 杨九郎著. -- 北京：台海出版社, 2023.9

ISBN 978-7-5168-3611-8

Ⅰ. ①今… Ⅱ. ①阎… ②杨… Ⅲ. ①历史故事—作品集—中国—当代 Ⅳ. ① I247.81

中国国家版本馆 CIP 数据核字（2023）第 139516 号

今夜拍案惊奇·第一卷

著　　者：阎鹤祥　杨九郎

出 版 人：蔡　旭　　　　　　　　责任编辑：俞滟荣

出版发行：台海出版社
地　　址：北京市东城区景山东街 20 号　　邮政编码：100009
电　　话：010-64041652（发行，邮购）
传　　真：010-84045799（总编室）
网　　址：www.taimeng.org.cn/thcbs/default.htm
E - m a i l：thcbs@126.com

经　　销：全国各地新华书店
印　　刷：嘉业印刷（天津）有限公司
本书如有破损、缺页、装订错误，请与本社联系调换

开　　本：880 毫米 ×1230 毫米　　　1/32
字　　数：177 千字　　　　　　　　印　　张：10.875
版　　次：2023 年 9 月第 1 版　　　　印　　次：2023 年 11 月第 1 次印刷
书　　号：ISBN 978-7-5168-3611-8

定　　价：59.00 元